오훈

본명 : 오병훈
세종시 출생
충남대 건축공학과 졸업
2004년 대전일보 신춘문예에 시 「그의 침대」 당선
시집 『빨간 스케이트』 출간
대일문인협회 회원

오희

본명 : 오연희
세종시 출생
대덕대 사회복지학과 졸업

내 친구 뽀

초판 1쇄 발행 | 2017년 11월 14일
지은이 | 오훈, 오희
펴낸곳 | 포엠트리
펴낸이 | 오병훈
출판등록 | 2017년9월28일 제2017-000036호
주소 | 세종시 조치원읍 새내로 122(ICT지원센터 1-3호(행복코아 3층))
연락처 | 044) 864-9586
팩스 | 044) 865-2079
이메일 | mypoemtree@naver.com

편집 | 오병훈
표지디자인 | 도서출판 이든북
인쇄·제본 | 북토리

ISBN 979-11-962072-0-5 73810

책값은 뒤표지에 있습니다.

국립중앙도서관 출판예정도서목록(CIP)

내 친구 뽀 : 동화남매 오훈, 오희 동화집 / 지은이: 오훈, 오희. -- 세종 : 포엠트리, 2017
p. ; cm

ISBN 979-11-962072-0-5 73810 : ₩10000

동화(이야기)[童話]

813.8-KDC6 CIP2017028209

내 친구 뽀

동화남매

오훈, 오희 동화집

포엠트리

■ 서문

동화를 좋아하는 저희 남매가 첫 공동 동화집을 펴냅니다. 같이 동화에 대해 토론하는 시간이 너무 행복하였습니다. 서로의 작품에 대해 비평을 해주는 것이 즐거움 그 자체였습니다. 이제 그 큰 행복을 어린이 여러분과 함께 하고 싶습니다.

2017년 가을, 오훈, 오희

■ 차례

동화남매 오훈, 오희 동화집 『내 친구 뽀』

○ 오희 동화

○ 오훈 동화

내 짝꿍 마음이

“한마음! 오늘도 지각이야?”

“죄송해요. 선생님.”

“쟤는 왜 맨날 늦게 오는 거야? 저 머리는 또 뭔지! 바보 빵꾸!”

아영이는 짝꿍 마음이가 영 맘에 들지 않았다. 친구들은 마음이를 삐뚤빼뚤한 머리에 땜통까지 있어 빵꾸라 불렀다. 아영이와 친구들이 큰소리로 빵꾸라고 불러대도 마음이는 그저 헤헤거리며 웃었다.

마음이는 짝꿍인 아영이 옆에 앉았다. 아영이는 더러운 게 묻은 거 같은 표정으로 인상을 쓰며 마음이에게 쏴붙였다.

“여기 바닥에 금 보이지? 여기 넘어오면 죽을 줄 알아!”

“아…… 알았어!”

아영이는 짝꿍 마음이가 너무 싫었다.

‘왜 내 짝꿍은 이런 빵꾸인 거야? 반장에 공부 잘하고 깔끔한 지환이 같은 애랑 같이 앉고 싶은데…….’

“자, 여러분! 오늘 미술시간에는 짝꿍과 함께 고무찰흙으로 동물을 만들 거예요. 만들고 싶은 동물을 하나씩 정해서 만들면 나중에 동물들을 모아 동물원을 만드는 시간을 가질게요!”

'으악! 왜 짝꿍과 함께 만들어야 하는 거야?'

아영이는 마음이와 함께 만들어야 한다는 생각에 너무 짜증이 났다.

"아영아~ 우리는 뭐 만들까?"

"아~ 짜증나! 난 너랑 같이 만들기 싫으니깐 너 혼자 만들어!"

"하지만 선생님이 함께 만들어서 내라고 하셨는데……."

마음이는 기어들어가는 목소리로 말했다.

"아~ 정말!"

아영이는 마음이를 째려봤다. 그리고는 짝꿍과 즐겁게 동물을 만드는 친구들을 부러운 눈으로 바라봤다.

"좋아! 난 토끼를 만들 거야! 예쁜 토끼를……. 머리는 내가 만들 거니깐 넌 몸을 만들도록 해."

아영이는 몸을 휙 돌려 토끼를 만들기 시작했다. 마음이는 그래도 짝꿍과 함께 만들기를 한다는 것이 너무 즐거웠다.

"자~ 이제 동물들을 모을 거니깐 마무리 하세요!"

한참을 고무찰흙과 씨름하던 아영이는 예쁜 눈에 리본을 단 토끼를 보며 기분이 좋아졌다.

"야! 이제 몸 만든 거 내놔 봐!"

마음이는 솜사탕처럼 동그란 꼬리가 달린 앉아있는 토끼의 몸을 내밀었다.

"여기."

"으악~ 이게 뭐야! 크기가 안 맞잖아?"

아영이는 머리랑 몸의 크기가 너무 다른 토끼를 보자 화가 났다. 그때 선생님이 다가와서 토끼를 내려다보고는 눈살을 찌푸렸다.

"아니, 이게 뭐야! 토끼 몸이 머리에 비해 너무 작네? 함께 만든 거 맞니?"

아영이는 자기가 멋대로 한 행동 때문에 선생님께 혼이 날까 봐 울상이 되었다.

"죄송해요. 선생님! 제가 몸을 잘못 만들어서 이상한 토끼가 되었어요!"

"이런! 마음아. 미술점수를 매겨야 하는데 이렇게 만들면 아영이에게도 점수를 좋게 줄 수가 없잖아. 어서 몸을 다시 만들어!"

'흥! 이건 내 잘못이 아니야.'

아영이는 고개를 획 돌리곤 뾰로통하게 창밖만 쳐다봤다. 결국 수업종이 울렸고 완성하지 못한 토끼는 다음시간 미술숙제로 남았다.

학교를 나온 대부분의 아이들은 학원버스를 타고 학원으로 향했다. 마음이는 골목길을 한참을 달려 하늘슈퍼 앞의 파란 양철지붕 집에 도착했다. 대문을 열자 방 안에 앉아 라디오를 듣고 있는 아빠가 보였다.

"학교 다녀왔습니다!"

"오~ 마음이 왔구나? 오늘도 선생님 말씀 잘 듣고 친구들과 재미있게 놀고?"

"네. 아빠."

마음이는 씩씩하게 대답했다.

"식사 하셨어요?"

"아니. 마음이 오면 같이 먹으려고 기다리고 있었지. 배고프지? 아빠가 얼른 밥 차려주마!"

아빠가 일어나려 하자 마음이가 팔뚝을 잡고 말렸다.

"아니에요~ 저도 이제 5학년인 걸요! 제가 차려 드릴게요!"

"녀석! 아빠가 해도 되는데……."

마음이는 일하시느라 바쁘신 아빠 때문에 어릴 때 집에서 혼자 밥을 먹곤 했다. 항상 늦게 들어오셔서 얼굴 한번 보기 힘들었던 아빠. 지금은 몸이 불편해 집에 계시는 게 가슴 아팠지만 아빠와 함께 밥을 먹고, 늘 아빠와 함께하는 이 시간이 마음이는 마음 한편으로는 행복했다.

"엄마. 나왔어!"

"학교 갔다 왔니? 밥 먹고 또 학원가야지!"

"엄마! 오늘은 너무 짜증나서 가기 싫어."

아영이는 입을 오리처럼 삐쭉 내밀며 가방을 소파에 휙 던졌다.

"나 짝꿍 바꿔달라고 엄마가 선생님께 말 좀 해줘."

"짝꿍이 왜?"

"내 짝꿍은 빵꾸 바보란 말이야. 머리는 땜통이 빵꾸난 것 같고 삐뚤빼뚤……. 내가 짜증을 내도 헤헤~ 웃기나 하고 바보같이!"

"뭐야? 그럼 나쁜 애도 아니잖아. 외모만 보고 싫어하면 안 돼!"

아영이는 마음이를 본적도 없으면서 편드는 엄마가 너무 미웠다.

"걔 때문에 선생님한테 혼나고 하기 싫은 숙제까지 하게 됐어. 엄마는 알지도 못하고……"

아영이는 자기 방에 들어가면서 문을 쾅 닫았다.

다음날 아침 일찍 엄마는 곤히 잠든 아영이를 흔들어 깨웠다.

"아영아. 어젯밤에 엄마가 오늘 일이 있어서 아침에 학교까지 차로 못 데려다 준다고 했잖아! 얼른 일어나!"

"아, 더 자고 싶은데. 짜증나게."

평소와 달리 일찍 집을 나온 아영이는 학교까지 투덜거리며 걷기 시작했다.

“아, 다리 아파. 학교는 오늘따라 왜 이렇게 먼 거야.”

그때 마침 아영이는 학교 앞 사거리에서 앞서가는 마음이를 보게 되었다.

“어! 쟤, 마음이 아냐?”

아영이는 마음이와 마음이 아빠가 저만치 앞에서 함께 걷는 모습을 보았다.

“쟤는 늦었는데 왜 천천히 걸어간데? 에잇! 걸어가다 마주치면 아는 척 할지 모르니깐 빨리 가야겠다!”

아영이는 뛰어가듯 마음이를 앞질러 걷기 시작했다.

“어!”

“왜 그러니 마음아! 혹시 아는 친구라도 본거니?”

“아…… 아니에요.”

“아빠는 이만 돌아갈게. 마음이, 학교 가서 선생님 말씀 잘 듣고 오늘도 친구들하고 사이 좋게 지내야 한다!”

“네. 그럼 학교 다녀올게요. 아빠!”

아영이가 뒤돌아보니 아빠에게 마음이가 손을 흔들고 있었다.

“탁! 탁!”

앞질러 가던 아영이는 이상한 소리에 뒤를 돌아봤다. 마음이 아빠는 시각장애인 지팡이를 들고 계셨다.

먼저 교실로 들어온 아영이는 자리에 앉아 마음이가 들어오는 걸 바라봤다.

"헉~ 헉. 안 늦었다."

거칠게 숨을 쉬던 마음이는 아영이를 보곤 하얀 이를 드러내며 활짝 웃었다.

"안녕, 아영아."

"어……. 안녕. 아니, 흥! 별꼴이야."

마음이에게 인사하려던 아영이는 스스로에게 깜짝 놀랐다. 그리곤 다시 고개를 휙 돌려 차갑게 굴었다.

수업이 다 끝나고 다들 교실 밖으로 나가는데 선생님이 마음이를 불렀다.

"마음아."

"네! 선생님."

"내일 부모님 상담일인 거 알지? 아버님 꼭 오시라고 해야 한다!"

"네! 선생님."

마음이는 씩씩하게 대답했다.

김지혜 선생님은 이번에 처음 담임을 맡은 새내기 선생님이다. 학생들이 모두 가자 교실에 앉아있던 김 선생님은 한숨을 푹 쉬었다.

"김 선생님, 무슨 일 있으세요?"

옆 반 최 선생님이 교실 문을 열며 들어왔다.

"저희 반에 너무 착한 마음이라는 아이가 있는데 빵꾸 바보라고 아이들이 놀려요. 그래서 따돌림을 당하는 게 아닌지 걱정돼요. 웃는 모습이 너무 예쁜 아이인데……."

"아! 삐뚤빼뚤한 머리모양 아이요?"

"선생님도 아시네요?"

"그럼요! 머리만 예쁘게 자르면 아이들이 덜 놀릴 텐데……."

"그렇지 않아도 내일 학부모상담이 있는데 어머님이 안 계셔서 아버님 오시라고 했어요. 헌데 뭐라고 말을 해야 할지 모르겠어요."

"뭐 어려울 게 있나요? 사실대로 말하면 되죠. 아직은 또래 친구들이 겉모습으로 친구를 판단하곤 하잖아요. 조금 더 관심을 갖도록 부탁 드리면 해결될 거예요. 너무 걱정 마세요."

"그럴까요?"

"그럼요."

"여러분~ 오늘도 수업 받느라 고생했어요. 모두들 조심히 집에 가도록."

수업이 끝나자 선생님이 마음이와 단둘이 교실에 남았다.

"마음아. 아버님은 많이 늦으시니?"

"제가 학교 앞에서 기다려도 될까요? 모시고 교실로 올게요."

“그래, 그러렴.”

마음이는 교실에서 나와 운동장을 가로질러가기 시작했다.

그때 아영이는 학원 가방을 교실에 두고 와 잔뜩 찡그린 얼굴로 다시 학교로 향하고 있었다. 교문 앞에서 아영이는 지팡이를 짚은 아저씨가 서 계신걸 보았다.

‘어! 마음이 아빠다.’

그때 마음이가 웃으며 교문 앞으로 뛰어왔다.

“아빠!”

마음이가 아빠와 함께 학교로 들어가는 모습을 보고 호기심이 생긴 아영이는 살그머니 뒤를 따라갔다.

“선생님. 저희 아빠 오셨어요!”

교실 문을 열고 마음이와 마음이 아빠가 천천히 교실 안으로 들어왔다.

“안녕하세요. 아버님. 마음이 담임 ‘김지혜’라고 합니다.”

“안녕하세요. 마음이 아빠 ‘한수호’라고 합니다.”

선생님은 인사를 하고 마음이 아버지가 들고 있는 지팡이를 본 순간 깜짝 놀랐다.

“아……. 앉으세요!”

마음이는 손수 의자를 빼서 아빠가 앉으실 수 있게 도와주었다.

“제가 눈이 안보여서 좀 늦은 것 같네요. 죄송합니다.”

“아! 아닙니다. 마음아! 선생님이 아버님과 지금부터 상담을 할 건데 운동장에서 기다려 주겠니?”

“네!”

교실 밖 운동장으로 향하는 마음이를 현관에서 본 아영이는 선생님과 마음이 아빠의 얘기가 궁금해졌다. 그래서 도둑고양이처럼 살금살금 걸어 교실 문틈에 귀를 대고 엿듣기 시작했다.

“마음이 아버님! 마음이는 착하고 예쁜 아이에요. 헌데 반 아이들이 아직은 모두 어린 친구들이다 보니, 마음이가 삐뚤빼뚤한 머리로 친구들에게 놀림을 받고 있어요!”

“네? 우리 아들 머리가 이상한가요?”

“네! 많이요.”

마음이 아버지는 깜짝 놀라더니 이내 침울한 표정이 되었다.

“죄송합니다. 선생님. 제가 앞이 안보이다 보니……. 사실은 제가 갑자기 눈에 이상이 생겨 몇 개월 전부터 앞을 못 보게 되었답니다. 전 원래 이발사입니다.”

“그럼, 혹시?”

“네! 마음이 머리카락은 제가 자른 겁니다. 어느 날 갑자기 저에게 그러더군요. 아빠 제 머리카락이 너무 길어요! 머리카락 좀 잘라 주세요! 녀석의 재촉에 가위를 들고 더듬더듬, 머리카락을 자르게 되었답니다. 그런데 녀석이 너무 맘에 들어하는 거예요. 그렇게 저는 그때부터 마음이가 머리카락이 길 때쯤 되면 그 아이 머리를 자르게 되었죠. 전 당연히 머리모양이 예쁜 줄 알았고요. 녀석은 내가 앞이 안 보이는 게 창피하지가 않은지 저랑 같이 등교하는 것도 좋아해요."

"아! 그런 사정이 있었군요."

밖에서 얘기를 듣던 아영이는 방망이로 머리를 맞은 것처럼 멍해졌다. 빵꾸 바보라고 놀려대던 자신의 모습이 떠올라 얼굴이 붉어졌다. 그리곤 복도에 동상처럼 서 있었다. 그때 교실 문이 열렸다.

"어? 아영이 웬일이니? 마침 잘됐다. 이분은 마음이 아버님이신데 마음이 있는 곳까지 모셔다 드릴래?"

얼굴이 붉어진 아영이는 말없이 고개를 끄덕였다. 아영이와 아저씨가 나란히 걸어 운동장으로 나오자 그네에 앉아있던 마음이가 달려왔다.

"어? 아영아……. 고마워."

"둘이 친한 친구니?"

아빠의 질문에 마음이가 꿀 먹은 벙어리처럼 말이 없었다. 그때 아영이가 씩씩하게 대답했다.

"네! 친한 짝꿍이에요! 아저씨! 근데 집에 놀러 가도 돼요? 같이 미술숙제 해야 돼서요."

밝은 얼굴로 이야기하는 아영이를 마음이가 놀란 표정으로 바라보았다.

“그럼! 언제든 오렴.”

멍하게 서있는 마음이를 보고 아영이는 활짝 웃었다. 그제야 마음이도 환하게 웃었다.

내 친구 뽀

"맴~ 맴~"

뜨거운 여름! 나는 거실에 대자로 누워서 코를 벌렁거렸다. 매미가 울고 바람이 불면 아직은 차가운 거실바닥에 누워 한껏 숨을 들이켰다. 매미소리와 함께 아카시아 향기가 온 집안을 가득 채우는 이때가 내게 가장 행복한 시간이었다.

"아~ 행복하다!"

우리 집은 아카시아나무가 운동장둘레를 가득 메우고 있는 오래된 고등학교 옆 이층주택의 이층이었다. 송충이들이 온 벽면을 가득 채워서 무섭긴 하지만 그래도 꽃 향기가 좋아 맘에 드는 집이었다.

시골에 살다 도시로 올라 온지 얼마 안 돼 친구가 많지 않지만 5분 거리에 우리학교가 있고 동네에 또래 친구들이 있는 자그마한 놀이터가 있어 좋았다.

"우리 이사 가야 해."

어느 날 언니의 힘없는 말에 난 석고상처럼 굳어져버렸다. 집이 망해서 더 작은 집으로 이사를 가야 한다고 했다. 그렇게 도망치듯 낯선 곳으로 우리는 이사를 하였다.

이곳은 꽃 향기가 아닌 연탄 냄새, 닭 냄새, 무언가 타는 냄새, 모두 이상한 냄새들로 가득한 시장 골목이다.

새로 이사 온 우리 집은 시장 입구의 상가를 약간의 돈을 들여 주택으로 개조한 쪽 방 같은 곳이다. 방 두 개에 가스레인지와 연탄보일러 그리고 조그만 세면대가 전부이고 화장실은 공중화장실을 사용해야 한다. 그전에 살던 곳과 버스로 1시간 정도 떨어진 곳이다.

"유진아, 10분 정도 걸어가면 초등학교가 있대! 그쪽으로 전학 신청해야겠다."

"싫어. 벌써 3번이나 전학한 거라고! 또 학교를 옮기면 난 어떡해!"

"그전 학교까지 가려면 버스로 1시간을 가야 해. 어떡하려고?"

"그냥 내가 버스 타고 다닐게. 엄마 제발!"

난 올해 초등학교 5학년이 된 밝고 명랑한 이유진이다. 3학년 때 대전에 이사 왔고 4학년 때 전학을 해서 친구들이 별로 없다.

우리가족은 해마다 점점 작은 집으로 이사를 하였다. 대전에 처음 왔을 때는 한옥으로 지은 넓고 커다란 방들이 많은 집이었다. 방에서 고무줄놀이를 하며 뛰어 놀곤 했다. 4학년 땐 이층집 전세로 옮겼지만 여름엔 꽃 향기가 가득해 좋았었다. 헌데 지금 난 이 우중충한 시장골목으로 또 이사를 왔다.

나의 첫 반항으로 친한 친구들과 수업을 같이 들을 수 있었다. 하지만 집이 멀어 나는 즐겁게 운동장에서 노는 친구들을 뒤로 하고 번번이 다시 이 시장골목 집으로 돌아와야 했다.

엄마는 옷 가게에서 장사를 했고 나이차이가 많이 나는 언니는 대학생으로 아르바이트 하느라 바쁘고 오빠는 고등학생이라 야자로 밤늦게 들어왔다. 모두들 늦게 들어오니 난 늘 혼자였다. 어려운 형편에 냉장고엔 김치와 콩자반이 전부였다.

어느 날 대충 밥을 먹고 동네투어를 해보기로 했다. 집에서 나와 오른쪽 길을 따라가면 꼬꼬댁 거리는 소리가 요란한 닭집이 있었다. 뚱뚱한 닭 집 아줌마는 두꺼운 팔로 철창에 있는 닭 한 마리를 움켜쥐고는 닭을 동그란 이상한 통에 던진다.

"꼬옥~ 텅텅텅텅."

그럼 신기하게도 깃털이 날리며 털이 홀딱 벗겨져 닭이 알몸이 됐다. 닭들이 도마 위에 올라와 몸이 조각조각 잘리며 검정 봉지에 담기면 닭을 사러 온 사람들 손에 들려 하나둘 사라진다.

"윽~ 불쌍해라!"

난 등을 돌려 다른 길로 가보기로 했다. 옹기종기 모여 앉아 있는 할머니들이 보이자 난 어슬렁거리며 주위를 뱅뱅 돌았다.

할머니들은 물이 든 커다란 빨간 대야에 밤들을 담아놓고 조그만 칼로 열심히 밤을 까고 있었다.

“할머니 뭐 하시는 거예요?”
“넌 누구니? 못 보던 애네. 이사 왔어?”
“네. 시장입구 쌀집 앞집으로 이사 왔어요. 근데 뭐 하시는 거예요?”
내가 관심을 보이자 할머니들이 날 보며 자기들끼리 이런저런 얘기들을 하셨다.
“보면 몰라? 밤 까서 돈 벌고 있는 거지?”
“이거 까면 돈 줘요? 그럼 저도 해봐도 돼요?”
“넌 어려서 손 다쳐! 어여 저~쪽 가서 놀아라.”
난 재미있는 걸 발견해서 한껏 기분이 좋았었는데 이내 퉁명스런 할머니들로 다시 기분이 우울해졌다.
그렇게 한 바퀴를 돌고 난 다시 집에 와 혼자가 되었다.
“아~ 심심해!”
갑자기 나무문 여는 소리가 들렸다.
“어? 누구지?”
언니가 강아지 한 마리를 안고 집 안으로 들어왔다.
“어? 강아지다!”
난 후다닥 달려들어 강아지를 받아 보았다.
언니는 누가 새끼 한 마리를 줬다며 학교에 다시 가봐야 하니 집 잘 보고 있으라 했다. 언니는 강아지와 날 남겨두고 다시 학교로 갔다.

난 이제 혼자가 아니었다. 하얀 털의 귀여운 강아지가 함께 있으니 말이다.

"아우~ 귀여워! 넌 이름이 뭐니? 아니지…… 이름을 뭐로 지을까?"

털이 복슬복슬한 조그만 이 녀석은 꼬리를 흔들며 혀로 얼굴을 핥았다.

"아~ 왜? 뽀뽀하려고? 아! 그래. 이름을 뽀로 지어야겠다. 뽀! 앞으로 네 이름은 뽀야. 알았지?"

뽀는 이름이 맘에 드는지 꼬리를 열심히 흔들어댔다. 그렇게 이 동네로 이사와 처음 사귄 친구는 뽀가 되었다.

뽀는 나와 항상 함께 다녔다. 처음엔 너무 어려서 뒤뚱뒤뚱 잘 따라오지도 못하던 녀석은 이제 제법 내 걸음을 따라서 잘 걸었다. 나도 시장골목에 점점 익숙해지기 시작했다.

닭 집 아줌마와는 너무나 다른 날씬한 몸을 가졌던 하얀 털의 얼룩개는 새끼를 낳았고, 근처에도 오지 말라고 하시던 할머니들은 내가 심심해하면 옆에 앉아 겨우 한 개에서 두 개가 고작이지만 밤을 까면서 시간 때우는 걸 허락해 주셨다. 새 동네에 점점 익숙해지고 있던 나지만 절대로 익숙해지지 않는 게 하나 있었다. 그건 공중화장실이었다.

집과 떨어져 있는 공중화장실은 언제나 무섭고 으스스 하였다.

“뽀~ 누나 화장실 가고 싶은데 같이 가자!”

“멍! 멍!”

뽀가 날 잘 따라다니기 시작하면서 난 어두운 골목 끝의 화장실을 갈 때면 항상 뽀와 함께 했다.

“뽀~ 어디 가면 안 돼!”

난 혹시라도 아저씨들이 화장실로 오는 게 무서워 안에서 문을 잡고 뽀에게 외쳤다.

“멍! 멍!”

밖에서 호위하듯 앉아있을 뽀를 생각하니 무서운 생각이 사라졌다. 혹시라도 누가 오면 뽀는 큰소리로 짖어주어 사람들을 몰아내고는 하였다.

후다닥 볼일을 보고 뽀와 골목을 빠져나와 닭 집 앞을 지나가는데 닭 집 개 얼룩이가 뭔가를 맛있게 먹고 있었다.

“아줌마! 저게 뭔데 얘는 이렇게 맛있게 먹어요?”

“닭 내장이다!”

“엑! 내장을 왜 먹어요?”

“닭 내장을 삶아서 주면 좋아해.”

난 밥이 아닌 내장을 먹는 얼룩이가 너무나 이상해 보였다.

“뽀도 배고프겠다. 얼른 집에 가서 밥 먹자!”

“멍! 멍!”

꼬리를 흔들며 좋아하는 뽀를 보니 웃음이 나왔다.

집으로 돌아와 냉장고 문을 열어보았지만 냉장고에는 김치와 콩자반, 깻잎뿐이었다. 뽀가 먹을 수 있는 반찬이 마땅한 게 없었다.

"휴~ 어쩌지……. 뽀가 먹을 게 없네! 뽀! 혹시 간장에 밥 비벼줄까? 난 그거 좋아하는데 짭조름한 게 맛있거든."

난 밥통에 조금 남은 밥을 퍼 공기에 담았다. 간장에 밥을 비비며 맛을 봤는데 갑자기 배가 고파져 맛만 본다는 것이 다 먹어버렸다.

정신 없이 먹다가 앉아서 나를 바라보고 있는 뽀를 발견하고 서야 깜짝 놀라 밥 한 숟가락만 남은 밥그릇을 보았다.

"어떡하지…… 뽀. 밥을 내가 다 먹어버렸네."

배가 고플 뽀를 생각하니 너무나 미안해 고개를 푹 숙이고 말았다.

"아! 맞다!"

난 오는 길에 본 얼룩이가 먹던 닭 내장이 떠올라 집을 나와 닭 집으로 향하였다.

"아줌마. 죄송하지만 아까 얼룩이가 먹던 내장 저도 좀 주시면 안돼요?"

뚱뚱한 몸에 약간은 심술궂게 생긴 얼굴 때문에 말 걸기가 늘 무서웠던 아줌마에게 용기를 내 부탁했다.

아줌마는 빤히 날 한번 보더니 내장 한 주먹을 검은 봉지에 담아 주셨다.

"감사합니다."

난 꾸벅 인사를 하고 뽀가 기다리는 집으로 다시 뛰어갔다.

"뽀! 내가 먹을 걸 얻어왔어 잠깐만 기다려!"

난 냄비에 물을 붓고 가스레인지에 올린 후 물이 끓기를 기다렸다. 물이 끓자 기다랗고 이상하게 생긴 내장을 냄비에 넣었다.

시간이 좀 지나니 이상하게도 맛있는 냄새가 냄비에서 풍겨왔다. 뽀도 뭔가 고기냄새 같은 게 난다고 느껴졌는지 더욱 큰 소리로 짖으며 꼬리를 흔들어 댔다.

"자~ 다 됐다! 근데 이게 정말 맛이 있을까? 내가 먹어 볼 수가 없어서 맛은 모르겠지만 얼룩이가 맛있게 먹었으니 맛있겠지? 뜨거우니 식으면 먹어!"

난 삶은 닭 내장을 넓은 접시에 담아 바닥에 내려놓았다. 근데 기다렸다는 듯 그 뜨거운 걸 뽀는 미친 듯이 먹기 시작했다.

"어~ 뜨거울 텐데……. 천천히 먹어. 그렇게 맛있니?"

난 뜨거운 걸 참아가며 맛있게 먹는 뽀를 보며 뿌듯하면서도 한편으로는 너무나 미안했다.

"미안~ 고기를 주면 좋을 텐데. 우리 집이 너무 가난해서 너에게 줄 고기가 없다. 대신 누나가 닭 집에서 얻어다 자주 끓여 줄게."

난 다음날 닭 집으로 내장을 얻으러 갔지만 얼룩이가 새끼를 낳아서 더 이상 줄 내장이 없다는 말만 듣고 돌아와야 했다.

"쳇~ 닭들을 그렇게 많이 팔면서 줄 내장이 없다니……. 쳇!"

내장을 먹은 탓일까? 뽀는 더 이상 밥에 관심을 갖지 않았다.

"뽀~ 더 이상 내장은 없어. 밥도 안 먹고 어떡하려고?"

가끔 뽀는 나가서 한참을 돌아다니다 왔고 맨밥에 간장을 비빈 밥을 먹지 않는 횟수가 늘어났다. 혹시 밖에서 밥을 얻어먹고 오는 게 아닌가 하는 생각이 들었다.

"뽀. 혹시 밖에서 뭐 먹고 오는 거야?"

특별히 마른 것 같지는 않은 걸 보니 왠지 그런 거 같았다.

"그럼 누나가 밥 여기 놓을 테니깐 돌아다니다 배고프면 와서 먹어야 한다!"

뽀는 알았다는 듯 꼬리를 열심히 흔들어 댔다.

뽀는 밖으로 돌아다니는 일이 많아졌고 나 역시 동네친구들이 하나 둘 생기자 친구들과 어울리는 시간이 많아졌다. 난 밥도 친구 집에서 얻어먹고 집으로 돌아오곤 하였다.

뽀는 여전히 집에 없었고 밥은 늘 그대로였다. 그때였다. 뽀가 꼬리를 흔들며 뭔가를 물고 내 쪽으로 뛰어오고 있었다.

"뽀~ 어디 갔다가 오는 거야? 그리고 그건 뭐야? 꺄아~"

난 뽀가 물고 와 내 앞에 내려놓은 납작하게 말라버린 쥐를 보고 깜짝 놀랐다.

"뽀~ 당장 갔다 버려! 그건 쥐약 먹고 죽은 쥐야. 먹으면 죽어!"

난 빗자루를 들고 징그러운 쥐를 쓰레받기에 담아 멀리 갖다 버렸다.

"뽀! 안 돼. 저거 먹으면 죽을 수도 있어! 쥐약을 잔뜩 먹은 쥐는 절대로 먹으면 안 돼! 알았어? 응?"

난 다짐을 받듯 뽀를 향해 큰소리로 말했고 뽀는 처음으로 혼나는 게 무서운지 바들바들 떨고 있었다.

혹시라도 아픈 건 아닌지 이리저리 살펴보았지만 크게 아파 보이지는 않았다. 난 한동안 뽀를 집에서 못나가게 가둬두고 친구들과 어울리곤 했다.

집으로 돌아와 보니 뽀는 밥을 조금밖에 먹지 않았다. 집에 가둬두고 나만 신나게 놀다 오는 것 같아 미안한 마음이 들었다.

"뽀~ 나 친구들하고 놀다 올 테니깐 뽀도 조금만 놀다 와? 큰길은 위험하니깐 멀리 가지 말고! 특히 절대로 쥐는 먹으면 안 돼! 뽀는 똑똑하니깐 믿어. 알았지?"

뽀는 알겠다는 듯 꼬리를 흔들며 짖어댔다.

나는 뽀가 천재개가 아닐까 생각한 적이 있다. 아직도 난 화장실을 뽀와 함께 다니는데 뽀는 항상 화장실 문 앞에 딱 버티고 있다.

어느 날 닭 집 아줌마가 나에게 심술궂은 얼굴로 입술을 씰룩이며 말했다.

“너희 똥개 관리 잘해.”

“왜 그러세요?”

“너희 개가 볼일을 꼭 우리가게 화장실 문 앞에다가 본다구!”

“죄송해요.”

난 고개 숙여 사과했지만 화장실 문 앞에서 뽀의 똥을 밟은 아줌마 얼굴이 떠올라 속으론 배꼽 빠지게 웃었다. 난 아줌마 앞에서 뽀를 혼냈지만 집으로 와서는 크게 칭찬을 해줬다.

“뽀~ 거기가 화장실인 걸 알았구나? 히힛~ 똑똑한 녀석! 하지만 아줌마한테 또 걸리면 너에게 빗자루를 휘두를지도 몰라 앞으론 그러면 안돼! 알았지?”

뽀에게 한번 말했을 뿐인데 신기하게도 아줌마는 더 이상 뽀에 대해 불평하지 않았다.

며칠 후 뽀는 저녁 늦게까지 집에 돌아오지 않았다. 난 너무 걱정이 돼 동네를 돌아다니기 시작했다.

“뽀! 뽀! 어디 있는 거야? 슈퍼아줌마. 혹시 우리 집 강아지 뽀 못 봤어요?”

“글쎄. 아! 혹시 하얀 진돗개 말이니?”

"네. 혹시 보셨어요?"

"아침에 슈퍼 앞에서 비틀 거리며 토하던 백구를 본거 같은데."

"언제요? 어디로 갔는데요?"

"글쎄! 지나가면서 본거라 어디로 갔는지는 모르겠구나."

난 순간 쥐약 먹은 쥐를 물고 왔던 때가 떠올라 미친 듯이 동네를 돌아다니기 시작했다.

한참을 돌아다녀도 보이지 않아 터덜터덜 집으로 돌아와 방문 앞에서 한참을 멍하니 앉아 있었다.

그때 개 짖는 소리가 들려와 신발을 신는 둥 마는 둥 질질 끌며 밖으로 뛰어나갔다.

멀리서 뽀가 건강한 모습으로 뛰어오고 있었다.

"뽀! 어떻게 된 거야! 어디 갔다가 이제와! 어? 너 혼나야 돼!"

난 너무나 기쁘면서도 화가나 뽀에게 빗자루를 휘둘렀다. 그리고 뽀를 높이 들어 세게 앞뒤로 흔들어 댔다.

"내가 얼마나 걱정한 줄 알아? 앞으로 한번만 더 그래 봐? 어? 얌전히 있어! 벌이야!"

난 건강히 돌아온 뽀를 보며 기뻤지만 하루 종일 죽었을지도 모른다는 생각에 동네를 돌아다닌 걸 생각하니 안아주고 싶지가 않아 문을 쾅 닫고 방으로 들어가 버렸다.

다음날 아침에 화만 내고 안아주지 않은 게 미안해 뽀를 찾았는데 언니, 오빠가 학교 갈 때 밖으로 나갔는지 뽀는 보이지 않았다.

"학교 갔다 와서 어제 너무 화내서 미안하다고 사과해야겠다. 아줌마에게 부탁 하는 게 싫지만 그래도 오랜만에 부탁 하는 거니깐 조금은 얻을 수 있을 거야. 오늘은 특식 닭 내장을 삶아줘야지."

나는 학교를 가기 위해 서둘러 버스정류장으로 향했다. 학교 수업이 끝난 후 집으로 돌아오는 버스에서 언니친구를 만나게 되었다.

"어! 유진이구나! 어떡해. 불쌍해서. 너희 언니가 너 집에 와서 울까 봐 걱정하던데."

"네? 뭘요? 무슨 일 있어요?"

"너희 집 개 뽀가…… 아니다 집에 가면 알 거야. 집에 얼른 가봐!"

그렇게 말하고 언니친구는 버스에서 내렸고 난 집으로 가는 동안 심장소리가 너무 커서 귀에서 심장이 튀어나올 것만 같았다.

'아니야. 설마…… 혹시 뽀가 다친 건가? 얼마나? 많이? 근데 나보고 불쌍하다고 했는데……. 아닐 거야.'

난 속으로 미친 사람처럼 '아닐 거야'란 말만 반복했다.

버스에서 내린 후 난 미친 듯이 집으로 뛰어갔다.

"뽀! 뽀!"

난 집에 도착하기 전부터 크게 외쳤고 집엔 언니와 오빠가 방문턱에 앉아 있었다.

언니는 날 한참을 바라보고만 있었고, 오빠는 일어나 내 옆을 지나가며 한마디 한 후 문밖으로 나갔다.

"기찻길 옆에 묻었다."

난 멍하니 서 있었고, 언니는 그런 내 모습이 더 마음 아픈지 어쩌다 뽀가 죽게 됐는지 차근차근 설명해 주기 시작했다.

"뽀가 큰길을 지나가다가 차에 치였어. 닭 집 아줌마가 우리 집 개가 길 건너갔다고 말해주셔서 가봤더니 죽어있었어. 진헌이랑 같이 철길 옆에 묻어주고 왔어. 뽀는 하늘나라로 간 거야! 우리가 하늘나라 가서 잘 살라고 기도해 주자."

난 두 눈에서 눈물이 흘렀고 같은 말만이 머릿속을 맴돌았다.

'닭 집에서 내장 얻어다 끓여주려고 했는데……. 뽀가 엄청 좋아했는데……. 어제 화만 내고 안아 주지도 못 했는데…….'

언니가 우는 날 안아주었다.

'뽀. 미안해……. 미안해…….'

몇 년 후 난 또 다른 곳으로 이사를 갔다. 아파트라서 시장 골목 집과 다르게 깨끗하고, 연탄을 뗄 필요도 없다. 강변에 아파트가 있어 여름이면 시원한 바람이 분다. 가끔씩 전에 살던 곳들이 생각난다. 고무줄놀이. 아카시아 향기. 공중화장실. 닭 집. 그리고 내 친구 뽀…….

나의 기도

난 화장실이 너무 싫다.

'아, 지긋지긋한 변비' 화장실만 갔다 오면 난 화가 난 좀비 괴물이 돼서 나온다. 언제부터인지는 잘 모르겠지만 화장실에 가면 노래 한 곡을 부른다. 믿지도 않는 하느님 부처님을 찾아가며 기도도 한다. 이 사실을 친구들이나 가족들이 아는 게 창피해서 말도 못하고 있다.

내가 언제부터 똥을 못 쌌냐고? 글쎄, 기억이 잘 나진 않지만 언제부턴가 화장실이 무섭고 싫다는 생각이 들 때쯤이었던 것 같다. 우리 집은 큰 오빠, 작은 오빠와 언니 그리고 엄마, 아빠 이렇게 여섯 식구가 함께 생활한다. 목욕탕에 딸려있는 화장실은 온 식구들이 줄지어 사용해야 하는 곳이다. 그래서 아침에 똥 한번 누려면 씻어야 한다고 소리 지르는 언니, 오빠들의 성화에 맘이 불안해 편히 눌 수가 없다.

어느 날 우연히 친구 집에 놀러 갔다가 거실과 안방에 화장실이 있는걸 봤다. 그걸 보고 얼마나 부러웠는지 모른다. 우리 집도 친구네 집처럼 큰집이면 얼마나 좋을까…….

벌써 5일이 넘도록 볼일을 못 봤다. 불편한 배를 움켜쥐고 학교로 향했다.

“딩동댕~”

“자자! 오늘 수업은 여기까지. 반장!”

“차렷! 경례~”

“감사합니다!”

“쉬는 시간이니깐 다음수업 준비하고 화장실들 다녀오도록!”

우르륵~ 책상 미는 소리와 의자 끄는 소리, 친구들 떠드는 소리에 시끌시끌한 교실 안이다.

“송희야! 화장실 안 갈래?”

짝꿍 주희가 화장실 가자고 재촉한다.

“음…… 글쎄! 좋아. 일단 가자~”

난 뱃속이 무척 불편했다. 일단 화장실을 가기로 마음먹었다.

“송희야~ 왜 안 나와?”

“주희야 먼저 가! 나는 쫌 더 있다가 갈게!”

“알았어! 빨리 와~”

우리 집과 마찬가지로 학교 화장실도 쪼그려 앉아 볼일을 봐야 하는 화장실이다.

편하게 앉는 양변기? 그런 건 그림의 떡이다. 난 지금 5분이 넘도록 쪼그려 앉아서 온 힘을 다해 똥을 누는 중이다.

“으악~ 역시 오는 게 아니었어!”

주먹에 힘을 너무 줘서 손바닥은 손톱자국이 찍히고 다리는 저려온다. 나갈 수도 없고 그렇다고 계속 앉아 있을 수도 없다. 어떡해야 할지 몰라 한쪽다리로 버티면서 반대다리를 펴며 취가 난 다리를 폈다 오므렸다 반복하는 중이다.

"딩동댕~"

"으악~ 종쳤다! 에잇~ 오늘도 꽝이야! 아우 배야~ 내 똥꼬에는 돌덩이가 박혀 있을 거야! 아구 창피해서 티도 못 내겠고 죽겠네."

수업이 모두 끝난 시간에 난 또 고민을 한다.

'집에 가면 언니 오빠들 때문에 어차피 오래 못 있을 텐데……. 학교에서 화장실을 한번 더 가봐야겠다.'

나는 학교에 남아있는 친구들이 있나 없나 두리번거린다.

'다들 갔지? 요번엔 성공하고 말겠어!'

화장실 가기 전 난 불편한 청바지를 벗어버리고 운동복으로 갈아입고 화장실로 들어갔다.

"혼자 있으니깐 쫌 무섭네…… 노래나 불러야겠다. 푸~른 하늘 은~하수 하얀 쪽배에~ 계수나무 한 나무 토끼 한 마리~ 아구구 또 저려! 으윽~"

나는 갑자기 기도를 하고 싶어졌다.

"친구들이 하느님한테 기도하면 들어주신다고 했는데 나도 기도나 해볼까?"

난 진지한 표정으로 두 손을 모았다.

"하느님, 전 이송희 라고 합니다. 저 바라는 거 하나도 없어요. 아니…… 바라는 게 많기는 한데요, 다 포기 할게요! 제발 ~ 제발~ 저 똥만 싸게 해 주세요! 이~~~익!!! 으~~~윽!! 제 ~~~~~발 제발! 제발!"

"퐁!"

기도가 통했나 똥이 나왔다.

"으헉! 우윽~~~ 뭐야 이게? 겨우 요만큼 싼 거야? 그래도 토끼 똥 만한 게 나왔다고 이렇게 위안이 될 줄이야. 아고고 내 다리."

어느새 주위는 어두워졌다.

"아우! 불이라고 켜고 들어올 걸 점점 어두워지니깐 무서워서 안 되겠다."

부들부들 거리는 다리로 한걸음씩 세면대로 향해 가는 내 모습이 꼭 바지에 똥 싼 아이 같아서 와락 인상을 썼다.

"다녀왔습니다."

"왜 이렇게 늦게 와~ 친구들이랑 놀다 늦었지? 공부는 언제 할 거야?"

엄마의 속사포 잔소리 랩이 현관문부터 쏟아지고 있다.

"엄마는 잘 알지도 못하면서! 됐어!"

"쟤가 요즘 왜 이렇게 짜증이 늘었대! 벌써 사춘기인가 밥 안 먹어?"

방으로 들어온 나는 쓰러지듯 방바닥에 벌렁 누워버렸다.

"밥을 먹으면 뭐하냐고! 똥을 못 싸는데! 아이고 내 팔자야!"

친구들은 요즘 고민이 많다고 나에게 상담을 하곤 한다. 수아가 짝꿍 민수를 좋아하는데 민수는 반에서 제일 예쁜 주현이를 좋아하는 거 같다고 했다. 그리고는 이쁜 것 들은 다 없어져야 한다고 말했다. 3년째 같은 반인 선미는 요즘 너무 먹었더니 살이 쪄서 고민이라고 했다. 벌써부터 다이어트를 해야 하나 고민이라고 말했다.

나? 나는 누가 좋지도 않고 다이어트를 하고 싶지도 않다! 자기들도 고민을 말하니깐 나보고도 고민이 뭐냐고 물으며 공유하자고 하는데……. 난 속으로 외친다. '너라면 말할 수 있겠냐? 고민이 똥이라고.'

엄마 말대로 점점 예민해지고 짜증이 늘고 있다. 그 이유는 아무래도 그게 젤 클 듯싶다.

'에고~ 밥이고 뭐고 다 필요 없다. 잠이나 자야겠다. 내일은 소식이 있겠지…….'

아침에 밥상 앞에 앉아 밥을 먹는 둥 마는 둥 했다.

"송희야. 왜 밥을 그리 못 먹어? 얼굴색도 별로 안 좋은 거 같고. 고민 있니? 엄마한테 말해봐. 왜 좋아하는 친구라도 생겼어?"

심각한 표정으로 말하던 엄마는 어느새 장난 끼 있는 얼굴로 나에게 말한다.

"아냐~ 별일 없어!"

벌써 7일째 난 화장실과 사투 중이다! 집을 나오면서 한숨을 푹 쉬었다.

"나 병 난 거 아닐까? 에휴~ 기운도 없네! 학교나 가야겠다."

"송희야 오늘은 끝나고 선미네 가서 놀자!"

"아니! 나 그냥 집에 가서 쉴래."

"왜? 같이 놀자~ 선미네 엄마가 인형놀이 세트 사오셨대!"

"미안~ 모든 게 귀찮아. 안녕!"

인형놀이 세트? 물론 갖고 놀고 싶다. 나도 얼마나 갖고 싶었던 건데! 하지만 만사가 귀찮아서 집으로 향했다.

"아구구~ 배야~"

집에 거의 다 왔는데 갑자기 배가 아픈 것이 오늘은 기필코 끝장을 봐야 할 것 같다.

"아참. 오늘은 언니 오빠가 집에 일찍 온다고 했지! 1층 주인집 아줌마네로 갈까?"

난 신호가 왔을 때 가야 한다는 생각에 1층 주인집 아줌마네 화장실로 달리기 시작했다. 1층엔 마당에 별도로 화장실이 있다.

1층 아줌마는 인사를 해도 무뚝뚝한 표정이어서 내게 무서운 분이다. 지금 시간은 집에 아무도 없을 시간이니 1층 화장실을 이용하기로 했다.

“으~흥~~! 하느님 아부지 저 앞으로 뭐 해달라고 기도 안 할게요! 요번 한번만 소원 좀 들어주세요! 저 성당도 열심히 다니겠습니다. 정말이에요! 요번 한번만 들어주시면 꼭 일찍 일어나서 성당 나가겠습니다. 제발~ 제발!”

힘을 주니 온몸이 부들부들 떨린다.

“부처님! 저 무교입니다. 하지만 절 가겠습니다. 제발 요! 요번 한번만 들어주시면 저 스님이라도 될게요!”

“으흑~~~~흑!”

난 하느님, 부처님, 세상의 모든 신들께 빌고 있다. 하지만 내 기도를 들어주시질 않는 걸 보니 내가 죄를 많이 지었나 보다.

“앞으로 착하게 살게요! 엄마 말씀도 잘 듣고 공부도 열심히 하고, 이쁜 게 공부도 잘해서 미워했던 주현이랑도 친하게 지낼 게요! 우앙~ 도와주세요! 제발 요! 흑!”

난 결국 화장실에서 울고 말았다. 들어주시지 않는 신들이 미웠고 날 이렇게 낳아주신 부모님도 너무 미웠다. 난 엉엉 울었다.

“누구니?”

1층 주인집 아줌마가 화장실 문 밖에서 날 부르는 소리가 들렸다.

"으흑~ 에~엑! 훌쩍! 저 송희 인데요! 흐흑!"

"아니 화장실에서 왜 울고 있어?"

"으흑~~~윽~~ 똥이…… 똥이 안 나와요! 흑!"

주인집 아줌마는 쪼그려 앉아 울고 있는 내 모습을 안쓰러운 얼굴로 쳐다보셨다.

"이런 이런! 아이구! 불쌍해라! 아줌마가 좀 도와줘도 될까?"

난 창피 한 것도 잊고 앙 문 입술로 고개를 끄덕거렸다.

주인아줌마는 통통한 내 엉덩이를 갑자기 주물러주기 시작하셨다. 근데 갑자기 꽉 막혔던 엉덩이가 뻥~ 뚫렸다. 그리고 똥이 시원하게 나왔다. 난 무섭기만 했던 주인집 아주머니가 사실은 천사가 아닐까 하는 생각이 들었다.

"아이고 딱해라! 똥이 딱딱하게 굳었네!"

드디어 7일 만에 세상에 나온 내 똥들은 꼭 까만 돌 같았다. 저게 나온 내 똥꼬는 아마 피가 철철 흐를 것 같다는 생각이 들었다.

피가 철철 흐를지 모른다는 생각도 잠시였다. 화장실 밖으로 나온 나는 주인집아줌마를 보는 순간 잊고 있던 창피함에 얼굴이 빨개졌다. 고개를 푹 숙이고 쥐구멍이라도 있으면 숨고 싶었다.

"아줌마네 언니 오빠들도 딱 너만 할 때 변비가 심했었는데 이렇게 해주곤 했단다."

난 얼굴을 붉힌 채 고개를 끄덕였다.

"자! 오늘 일은 너와 나의 비밀로 하자꾸나! 너희 엄마한테도 절대 말하지 않을게!"

부끄러운 마음에 고개도 들지 못하고 작은 소리로 말했다.

"정말요? 감사합니다. 참! 근데 진짜로 언니 오빠들도 그랬어요?"

난 나만 그런 줄 알고 부끄럽고 창피해 괴로워했던 날들을 떠올리며 물었다.

"그래! 근데 어떻게 나았는 지 알려줄까?"

난 다시 겪고 싶지 않은 고통에 제발 말해달라는 표정으로 아줌마를 바라보았다.

"너 뭘 좋아하고 뭘 싫어하니?"

"전 고기를 좋아해요! 그리고 채소를 가장 싫어해요! 씹는 느낌이 너무 별로거든요! 맛도 없고!"

"언니 오빠들도 너처럼 고기를 좋아하고 채소를 싫어했지! 근데 지금은 과일과 채소를 가장 좋아한단다! 그래서 다 나았지!"

"아…… 네! 앞으로는 채소도 꼭 챙겨 먹을게요!"

상냥한 표정의 주인아주머니는 내 머리를 쓰다듬었다.

“아이고 똑똑해라! 앞으론 화장실에서 기도하며 울 일은 없겠구나! 호호~”

엄마 아빠 말씀 안 듣는 나쁜 아이라서 내 소원을 안 들어주신 줄 알았었다. 하지만 앞으로 착한 아이가 된다고 빌었더니 소원을 들어주셨나 보다! 천사로 주인아줌마를 보내주셨으니 말이다.

음악분수

미미는 암고양이입니다. 대전 엑스포공원 뒤 야산에서 사는 야생고양이입니다. 미미의 엄마는 추운 겨울에 미미를 이곳 야산에서 낳았습니다. 그리고 몸집이 작은 아기고양이의 이름을 미미라고 지었습니다. 하지만 미미가 들쥐를 잡을 능력이 되자 엄마는 새로 만난 수고양이를 따라 미미의 곁을 떠나갔습니다.

미미에게는 좋아하는 이가 있습니다. 엑스포공원의 음악분수. 음악분수는 엑스포공원의 대 스타입니다. 음악에 맞춰 춤을 추는 분수의 모습을 보러 오는 사람들이 하루에 수백 명이나 됩니다.

미미의 눈에 비친 음악분수의 모습은 너무나 멋있습니다. 특히 토요일과 일요일에 음악분수는 더욱 멋있습니다. 그 날이 되면 불꽃발사와 불 트림을 볼 수 있기 때문입니다.

한편 미미에게는 친구가 있는데 그 친구의 이름은 호야입니다. 갓 태어났을 때 온몸에 호랑이 무늬가 있어서 주인아주머니가 호야라고 불렀습니다. 호야는 수고양이인데 원래는 집고양이였으나 지금은 야생고양이입니다.

호야의 주인아주머니는 좋은 사람이었지만 그 집 남자아이가 호야를 너무 못살게 굴었습니다. 호야의 수염을 뽑기도 하고 꼬리털을 자르기도 하였는데, 결국 호야는 그 소년의 괴롭힘을 견디다 못해 집을 나와 야생고양이가 되었습니다.

호야는 특별한 고양이었습니다. 주인아주머니가 명령을 내리면 호야는 그 말을 알아듣도록 훈련을 받았습니다. 주인아주머니는 호야가 명령을 잘 따라하면 참치통조림을 상으로 주곤 했습니다.

햇살이 따사로운 가을날입니다. 해가 지자 미미와 호야는 산을 내려와 엑스포공원으로 향하였습니다. 음악분수가 보이는 담 위에 올라앉아 둘은 공연을 보았습니다.

토요일이면 음악분수는 다섯 곡의 노래공연과 불꽃 쇼 그리고 불 쇼를 합니다. 불꽃 쇼와 불 쇼는 주말에만 볼 수 있는데 오늘도 공연은 성공적이었습니다. 사람들은 공연이 끝나자 음악분수에게 박수를 보내주었습니다.

미미가 음악분수의 공연 중에서 제일 좋아하는 노래는 딴딴딴입니다. '딴딴따단~ 딴딴따단~ 딴딴딴딴딴딴 딴딴따단~' 미미는 이 노래를 들으면 기분이 좋아지고 얼굴이 따뜻해집니다. 오늘은 운 좋게 이 노래가 나왔고 한 연인이 다정히 어깨를 기대었습니다. 아마도 둘은 사랑하는 사이 같았습니다. 호야가 미미에게 물었습니다.

"음악분수가 그렇게 좋니?"

"그럼! 나는 음악분수가 세상에서 제일 좋아."

"세상에서 제일?"

"응! 엄마가 떠나고 내가 혼자가 됐을 때 음악분수는 내 친구가 돼 주었어. 아무리 외롭고 슬플 때도 음악분수가 춤추며 부르는 노래를 들으면 곧 행복해져. 음악분수는 내 가장 좋은 친구야."

미미의 '내 가장 좋은 친구야'란 말에 호야는 조금 침울해졌습니다.

요즘 미미와 호야는 엑스포공원의 관리인들을 피해 음악분수를 보러옵니다. 관리인들은 미미에게 무척 화가 났습니다. 어린아이들이 음악분수 속에 들어가 음악분수와 노는 것을 보고 미미가 화가 나 아이들을 물었기 때문입니다. 그 일이 있은 후 공원관리인들은 막대기로 미미와 호야를 쫓아낼 생각만 하고 있습니다.

얼마 전에는 호야가 공원관리인에게 발길질을 당해 미미가 그 아저씨의 손을 물은 적도 있습니다. 엑스포공원은 요즘 들어 부쩍 경비가 심해졌는데 관리인들의 눈빛이 미미와 호야에게 너무나 무섭게 느껴졌습니다.

미미가 음악분수를 못 본지도 보름이나 됐습니다. 경비가 강화돼 음악분수에 접근을 못하기 때문입니다.

미미는 요즘 몸이 좋지 않습니다. 사냥 감각이 떨어지고 몸에서 열이 심하게 나서 한참을 누워 있다가 움직이곤 합니다. 호야는 미미가 아픈 것은 아마도 음악분수를 보지 못하기 때문이라고 생각합니다. 호야는 요즘 자신이 사냥한 쥐 중에서 절반을 미미에게 줍니다.

그런데 오늘 아침에 엑스포공원에 간 호야는 놀라운 사실을 알았습니다. 음악분수 뒤에 있는 작은 방에 문을 열고 어떤 사람이 들어가더니 그 속에서 그가 음악분수를 조종하는 것이었습니다. 음악분수는 일종의 사람이 조종하는 인형과 마찬가지였습니다.

호야는 해가 뉘엿뉘엿 질 무렵 미미를 찾아갔습니다. 바위틈 집에서 미미는 시름시름 앓고 있었습니다.

“미미야. 저기 말이야…….”

“왜 그래? 호야야.”

미미가 힘겹게 고개를 들어 호야를 쳐다봤습니다.

“오늘 놀라운 사실을 알았거든, 어떤 사람이 작은방에서 음악분수를 조종하고 있었어! 마치 인형처럼…….”

미미는 눈을 동그랗게 뜨고 호야를 쳐다보았습니다.

“그러니까 말이지……. 음악분수는 살아 있는 게 아니야.”

미미는 한참을 말이 없었습니다. 하지만 곧 화난 목소리로 호야에게 말했습니다.

"호야야. 난 너를 친구로 여겼어. 하지만 호야 네가 음악분수를 그런 식으로 헐뜯으면 난 너 같은 친구는 필요 없어. 그만 돌아가 줘!"

미미의 차가운 반응에 호야는 당황했습니다. 그리고 화가 났습니다. 호야는 화가 나서 미미의 집을 뛰쳐나와 자기 집으로 뛰어갔습니다. 분에 못 이겨 한참을 달리는데 비가 내리기 시작하였습니다. 호야는 뛰던 걸음을 멈추었습니다. 갑자기 미미에 대한 원망과 섭섭함이 아픈 미미에 대한 걱정으로 바뀌기 시작하였습니다. 가을비는 새벽이 될 때까지 한참을 내렸습니다.

호야는 밤새 한숨도 못 잤습니다. 호야는 밤새도록 음악분수와 미미에 대해 생각했습니다. 어떻게 미미가 음악분수를 다시 볼 수 있을지 궁리했습니다. 오랜 생각 끝에 호야는 답을 얻었습니다. 날이 밝자 호야는 미미의 집으로 갔습니다. 미미는 오들오들 떨면서 힘겹게 숨을 쉬고 있었습니다.

"호야야. 왔구나!"

"몸은 좀 어때?"

"그냥……. 음악분수는 잘 있지?"

호야는 걱정스러운 표정으로 미미를 쳐다봤습니다. 그리고는 곧 굳은 결심을 한 듯 진지한 목소리로 말했습니다.

"사실 너에게 음악분수에 대해 거짓말한 거 사과하러 왔어.

내가 음악분수에게 너에 대한 말을 했어. 음악분수가 너를 한 번 보고 싶대."

미미는 깜짝 놀라며 몸을 일으켜 세웠습니다.

"음악분수가 너의 말을 알아들었다고?"

미미는 음악분수에게 지금껏 말을 걸어왔지만 음악분수는 아무 말도 해주지 않았습니다. 그래서 호야의 말은 미미에게 너무나 놀라운 것이었습니다.

"그래. 내가 네가 지금 너무 아프고 네가 얼마나 음악분수와 친구가 되고 싶어하는지 진심으로 말을 했더니 음악분수가 몸짓으로 대답해주었어."

"그렇구나! 음악분수가 나의 말을 다 알아들었던 거였구나!"

미미는 눈물을 글썽였습니다. 음악분수가 엄마와 아빠가 없는 미미에게 얼마나 소중한 존재인지 이제 음악분수가 아는 것입니다. 호야는 미미의 감정이 진정이 될 때를 기다려 말을 이었습니다.

"음악분수는 네 걱정을 했어. 네가 건강해지면 자기의 공연을 보러 오래. 너를 위한 공연을 준비하겠대."

"나를 위한 공연이라고?"

미미가 놀라서 물었습니다.

"그래. 네가 좋아하는 딴딴딴 노래를 부르겠대."

"딴딴딴을?"

미미는 가슴이 뛰었습니다. 미미는 이제 병이 다 나은 듯했습니다.

다음날 미미의 얼굴에 어느새 생기가 돌고 있었습니다. 미미는 부지런히 호야가 물어다 주는 먹이를 먹기 시작하였습니다. 쥐며 두더지며 많은 먹이들을 호야가 물어다 주었습니다. 미미를 보살피다 미미가 잠이 들면 호야는 엑스포공원으로 향했습니다.

여느 때처럼 음악분수의 공연은 계속되고 있었습니다. 호야는 살금살금 공연장으로 다가갔습니다. 호야는 담 한 끝에 앉아 가만히 공연을 지켜보았습니다. 호야는 딴딴딴 노래가 나오기만을 기다렸습니다. 호야에게는 계획이 이미 세워져 있었습니다.

며칠이 지나지 않아 드디어 호야가 기다리던 딴딴딴 노래가 나왔습니다. 호야는 기회를 놓치지 않고 공연장 마당으로 뛰어 내려갔습니다. 그리고는 펄쩍펄쩍 뛰며 춤을 추었습니다. 사람들은 신기한 듯 호야의 행동을 지켜보았습니다.

매일같이 결혼행진곡이 나왔고 호야는 춤을 추었습니다. 어느새 사람들은 호야의 춤에 즐거워하고 있었습니다. '결혼행진곡에 맞춰 즐거운 춤을 추는 고양이' 사람들은 모두 노래를 알아듣고 즐거워하는 고양이의 춤에 반해 있었습니다.

다음날에도 호야는 미미의 집에 들른 후 엑스포공원으로 향했습니다. 공연장의 담장 가운데에 앉자 몇몇 사람들이 소리쳤습니다.

“와, 춤추는 고양이다.”

호야를 알아보고는 사람들이 반가워했습니다. 음악분수의 운전기사도 호야를 보고는 호야의 춤을 보기 위해 결혼행진곡을 틀었습니다.

노래가 나오고 호야는 다시 마당에 내려와 껑충껑충 신나게 춤을 추었습니다. 호야의 춤에 사람들은 즐거워했고 호야에게 박수를 쳐주었습니다. 모든 것이 호야가 계획한 대로 되었습니다. 이제 미미가 호야와 함께 음악분수를 만날 시간이 된 것이었습니다.

다음날 날이 밝자 호야는 미미의 집으로 갔습니다. 미미는 건강이 많이 회복돼 있었는데 모두 호야와 음악분수의 덕분이었습니다. 호야가 미미에게 말했습니다.

“음악분수가 오늘 자기의 공연을 보러 오래. 우리가 오는 순간 딴딴딴 노래 공연을 시작하겠대.”

“정말?”

미미는 호야에게 너무 고마웠습니다. 호야는 미미에게 아빠 같고 오빠 같은 존재였습니다.

해가 지고 가을바람이 불자 미미와 호야는 엑스포공원으로 향했습니다. 날씨는 점점 추워지고 있었고 찬바람에 코끝이 조금 찡했습니다.

점점 엑스포공원이 보이고 호야와 미미의 눈앞에 드디어 음악분수가 나타났습니다. 그곳에 있던 사람들이 호야를 보자 환호하기 시작했습니다.

“사람들이 우리를 해치려고 일어나는 것일까?”

미미가 두려움에 떨며 호야에게 물었습니다.

“아니, 우리를 환영하는 거야. 음악분수와 함께.”

미미는 호야의 말에 놀란 가슴이 진정되었습니다. 미미와 호야는 사람들 사이에 앉았습니다. 놀랍게도 어느 누구도 해치려는 사람이 없었고 사람들은 그들에게 자리를 내어주기까지 했습니다. 음악분수의 첫 공연 곡은 딴딴딴이었습니다.

“딴딴딴이야!”

미미가 소리쳤습니다. 호야는 미미의 상기된 얼굴을 보고 미소를 지었습니다. 딴딴딴은 한 곡이 더 공연되었습니다. 한 곡은 결혼행진곡을 좋아하는 호야를 위해 그리고 다른 한 곡은 올해의 마지막 공연에 결혼을 약속한 한 연인을 위해 특별히 공연되는 것이었습니다.

결혼행진곡이 끝나자 미미는 마음속으로 음악분수에게 약속하였습니다. ‘아무리 아프더라도 매일같이 보러 올게.’

미미와 호야는 다음날 저녁에도 음악분수를 찾아갔습니다. 하지만 엑스포공원 분수공연장에는 한 사람도 없었습니다. 그리고 음악분수도 없었습니다. 아무리 기다려도 분수는 뿜어져 나오지 않았습니다.

"음악분수가 도대체 어디로 간 걸까?"

미미가 호야에게 물었습니다. 호야는 잠시 생각에 잠겼습니다. 미미는 점점 실망한 표정이 되었습니다. 그러자 호야가 마침내 대답하였습니다.

"음악분수는 아무리 기다려도 오지 않을 거야. 음악분수가 나에게 말했어. 너에게 마지막 공연을 보여주고 싶다고…… 자신을 영원히 잊지 말아 달라고……."

"음악분수가 정말 그렇게 말했니?"

"응, 정말로."

미미와 호야는 한참을 음악분수가 있던 빈 공연장을 바라보았습니다.

하루, 이틀, 사흘이 지나도 음악분수는 나타나지 않았습니다. 그리고 미미는 호야의 말이 사실일지 모른다고 생각했습니다. 미미는 음악분수를 기다리는 것에 지쳐가고 있었습니다.

어느새 음악분수는 잊은 채 미미와 호야는 다정히 강둑에 앉아 노을이 갑천 강물에 물드는 것을 바라보았습니다.

미미는 이제 음악분수를 더 이상 만날 수 없을지도 모릅니다. 하지만 미미가 예전처럼 외롭지는 않을 것입니다. 미미의 곁에는 항상 좋은 친구 호야가 있으니까요.

분홍방귀

'어떻게 골탕 먹이지.'

내 머릿속은 온통 짝꿍 서연이를 놀릴 생각으로 가득했다. 다른 아이들이 칠판을 보는 동안 나는 공책에 온갖 낙서를 했다. 낙서들은 모두 서연이를 마녀로 그린 것들이었다. 그림 밑에 '마귀할멈 김서연'이라고 쓰고 힐끔 서연이를 보았다. 눈을 칠판에 고정시키고 수업에 집중하느라 입을 오므린 모양이 얄밉게 느껴졌다.

'요 얄미운 마귀할멈.'

서연이는 턱이 뾰쪽해서 별명이 마귀할멈이다. 본인은 브이라인이라고 엄청 자부심이 강하지만 말이다.

"얘, 뭘 그렇게 빤히 보니. 내 얼굴에 뭐 묻었니?"

서연이가 날 보더니 자신을 힐끔거리며 보는 내게 퉁명스럽게 물었다.

"흥!"

나는 서연이를 안 본 척하며 다시 낙서를 했다.

"어머, 나를 마녀처럼 그려놓았네. 야. 너 나한테 불만 있어?"

서연이는 내가 그린 낙서들을 보고는 따지듯이 물었다.

"어떤 녀석들이 떠들어?"

우리 둘이 실랑이하는 소리를 들은 선생님이 칠판에 글씨 쓰던 것을 멈추고 우리 곁으로 다가오셨다.

“요 녀석들, 무슨 일 때문에 소란이야?”

“진성이가 저를 마녀처럼 그려놓았지 뭐에요. 선생님.”

서연이가 뽀로통한 목소리로 고자질을 했다.

“요 녀석, 착한 서연이에게 뭐가 불만이야. 응?”

선생님은 내 그림들을 보더니 나의 귀를 잡아당겨 일으켜 세웠다.

“아, 아파요. 선생님. 귀 떨어지겠어요.”

나는 차마 선생님에게 서연이가 내 방귀가 냄새 난다고 핀잔을 주는 것이 불만이라고 말할 수 없었다. 아이들 앞에서 개망신을 당하기 때문이었다.

“너, 자꾸 집중은 안하고 딴짓하니까 6학년이 되어서 성적이 요 모양 요 꼴이지. 서연이가 얼마나 열심히 너에게 공부를 가르쳐줘? 그걸 알아? 몰라? 서연이한테 고마운 생각은 안 들어? 응? 너 자꾸 딴 생각하면 남자짝꿍으로 바꿔준다.”

“차라리 남자짝꿍으로 바꿔주세요.”

나는 귀가 떨어지건 말건 선생님에게 악을 쓰듯 소리쳤다.

“차라리라고? 이 녀석이 착한 서연이보고 차라리라니? 얘들아. 아무래도 진성이가 자기 주제와 분수를 잃어버린 모양이다. 그렇지?”

아이들은 모두 깔깔대며 웃어댔다. 선생님이 귀를 놓자 나는 털썩 자리에 앉았다. 그리고 귀를 움켜쥐고 짝꿍 서연이를 다시 흘겨보았다.

"흥"

서연이도 콧방귀를 뀌며 토라진 표정으로 날 외면했다.

그날 수업 내내 나는 선생님한테 혼난 게 분해서 서연이랑 말을 한마디도 하질 않았다. 서연이도 나에게 골이 났는지 말을 걸지 않았다.

나는 마음 한편으로 서연이가 고맙기는 하였다. 모르는 수학 문제나 영어문법 등을 친절하게 설명해주니까. 하지만 내가 방귀만 뀌면 '어휴, 냄새.'하며 코를 잡는 서연이. 그럴 때면 난 참 어이가 없다. 자기는 방귀 안 뀌나? 자기도 뀌면서 왜 유난을 떠는지 이해할 수 없었다. 내 방귀가 냄새가 심하긴 하다. 하지만 친구끼리 그냥 모른 척하면 안 되나? 서연이가 공부를 가르쳐주면 고맙다가도 내 방귀에 코를 잡을 땐 정말 미웠다.

내가 아침에 화가 머리끝까지 난 것은 내 별명이 방귀대왕이라는 걸 그제서야 알았기 때문이었다.

유난히 길게 느껴졌던 학교수업이 끝나자, 나는 학교에서 나와 부리나케 동네 놀이터로 달려갔다. 친구들 여럿이 벌써 놀이터에서 놀고 있었다. 나는 아이들과 축구를 하며 신나게 놀았다. 한참 놀다 보니 연신 하품이 났다. 나는 놀이터 아름드리 플라타너스나무 옆 마루에 누웠다. 바람이 솔솔 불어오자 내 눈은 어느새 스르륵 감겼다.

날이 어둑어둑해지자 나는 겉옷과 책가방을 챙겨 집으로 가려고 했다. 그 순간 놀이터 입구에 검은 선글라스를 쓴 아이스크림장수가 나타났다. 나는 목이 말랐던 터라 아저씨에게 다가가 아이스크림을 하나 달라고 했다. 아저씨는 왼쪽냉동고통에서 아이스크림을 퍼서 콘에 담아 하나를 건넸다.

“너는 마법이 필요한 애구나!”

아저씨는 나를 보자마자 대뜸 이상한 소리를 했다. 그리고는 나를 빤히 바라봤다. 나는 검은 선글라스 속에 보이는 아저씨의 날카로운 눈빛을 보고는 순간 등골이 오싹해졌다.

“제…… 제게 마법이 필요하다고요? 아저씨가 저를 아세요?”

나는 용기를 내서 따지듯이 물었다.

“그럼! 나의 눈은 속일 수 없지. 나는 어린이의 영원한 친구이자 마법사거든. 자, 이 마법의 아이스 바가 필요할 거다. 이 아이스 바를 먹으면 분홍색깔 방귀를 꾸게 된단다. 받으렴.”

아저씨는 오른쪽냉동고통에서 아이스 바를 하나 꺼냈다. 나는 얼떨결에 분홍비닐포장지의 아이스 바를 하나 받았다. 그 포장지에는 ‘마법 바 딸기맛’이라고 적혀있었다.

“마법을 풀고자 하는 어린이는 ‘마법 바 사이다맛’을 먹어야 한단다. 꼭 기억하렴.”

“예? 예.”

나는 얼떨결에 대답을 하였다.

“자, 그럼 나는 이만 다른 동네로 가서 다른 어린이 손님들을 만나야겠다. 다음에 또 만나자꾸나.”

아저씨는 돈을 받지도 않고 아이스크림 통을 밀고 놀이터에서 이내 사라졌다. 나는 아이스크림을 먹으며 집으로 향했다. 왼손에 들은 아이스 바가 녹는지 포장지에서 물이 뚝뚝 떨어졌다. ‘참 이상한 아저씨도 다 있네.’라고 생각하면서도 분홍방귀를 뀐다는 말이 너무 재미나게 들렸다. 그리고 마침 서연이네 집을 지날 때였다.

서연이가 분홍방귀를 꾸는 상상을 하자 너무 통쾌하고 재미있었다. 나는 순간 심술이 났다. 서연이네 집 대문 앞에 서서 초인종을 눌렀다. 서연이가 이내 대문을 열고 나왔다.

“어, 네가 웬일이야.”

“서연아, 이거 먹을래.”

“웬 아이스 바니? 마법 바 딸기맛? 이거 재밌다. 그래 고마워.”

서연이는 이내 포장지를 뜯고는 분홍색 아이스 바를 먹기 시작했다. 다행히 내 속마음은 눈치 채지 못한 것 같았다.

"포장지는 내가 버릴게. 내일 학교에서 보자."

나는 서연이 손에서 냉큼 포장지를 뺏고는 집을 향해 뛰었다.

"고마워, 진성아. 잘 가."

영문도 모르는 서연이는 해맑게 웃으며 나를 향해 손을 흔들었다. 나는 서연이가 고마워하는 모습을 보자 가슴이 통쾌하였다. 터져 나오는 웃음을 참을 수가 없었다. 나는 거리에서 마치 실성한 사람처럼 킥킥대며 웃었다. 서연이의 분홍방귀는 생각만 해도 정말 웃겼다. 머릿속에 분홍방귀를 뀌고 홍당무가 된 서연이 얼굴이 떠올랐다. 나는 눈물이 나게 웃었다.

다음날 학교에 가니 아이들이 아침부터 왁자지껄 떠들고 있었다. 서연이만 책상에 엎드린 채 의자에 앉아 있었다. 난 서연이 옆에 앉았다. 곧 수업이 시작되었지만 아이들은 쑥덕쑥덕 댈 뿐 수업에 집중을 하지 않았다.

"와, 이번에는 더 큰 분홍방귀다."

아이들의 함성에 내가 옆을 보니 서연이의 엉덩이에서 분홍방귀가 풍선처럼 동그랗게 올라왔다. 그리고는 둥실 떠서는 교실천장에 부딪쳐 분수처럼 터졌다. 선생님도 그 모습을 보고는 웃음을 터뜨렸다. 서연이는 수업 내내 크기가 다양한 분홍방귀를 꾸었다. 방귀를 뀔 때마다 서연이의 얼굴은 붉게 변했다. 쉬는 시간에 엎드려 울면서 어깨를 들썩이는 서연이를 보자 나는 이내 마음이 너무 아팠다. 마법 바를 먹으며 고마워하던 서연이의 모습이 떠올라 더욱 죄책감이 들었다. 그날 수업 내내 서연이는 방귀를 참으려고 얼굴이 붉으락푸르락하였다.

내가 돌이켜 생각해보니 서연이를 공연히 미워한 것 같다. 서연이는 내가 냄새가 지독한 방귀를 꾸고도 시치미를 뚝 떼고 모른 척 한 것이 얄미웠던 것 같다.

다음날도 그 다음날도 서연이는 수업 내내 방귀를 뀌지 않으려고 무진장 애를 썼다. 날이 갈수록 서연이의 안색이 안 좋아 보였다. 이대로 가다가는 서연이의 건강이 나빠질 것 같았다. 어느 날 마침내 서연이는 학교를 결석하였다. 나는 걱정이 돼서 서연이의 집을 찾아갔다. 초인종을 누르자 서연이 어머니께서 나왔다.

“아이고 착한 진성이구나. 서연이가 걱정돼서 왔니?”

“네. 서연이가 오늘 학교에 안 와서요.”

“응. 서연이가 몸이 안 좋아서 당분간 학교를 못 갈 것 같다.”

“당분간이면 얼마나요?”

“일주일이 될지 한 달이 될지 일 년이 될지 알 수 없단다. 서연이가 몸이 정상이 아닌 건 너도 알고 있잖니. 유명한 병원이며 병원은 다 다녀도 분홍방귀의 원인을 알 수가 없구나.”

나는 내가 마법의 아이스 바를 먹어서 그렇다고 고백하고 싶었다. 하지만 서연이 어머니가 불같이 화낼 것 같아 차마 그렇게 할 순 없었다. 나는 동네 놀이터로 갔다. 오늘도 역시 검은 선글라스를 쓴 아이스크림장수는 나타나질 않았다.

나는 서연이가 결석하는 날이 하루하루 늘어갈수록 서연이가 보고 싶었다. 서연이가 얼마나 좋은 친구였나 새삼 느꼈다. 서연이가 모르는 문제를 가르쳐주며 활짝 웃는 모습이 너무 그리웠다.

나는 매일 학교 수업이 끝나면 동네근처의 놀이터를 돌아다녔다. 검은 선글라스를 쓴 아이스크림장수 못 보았냐고 사람들에게 묻고 다녔다. 어떤 어른들은 이상한 눈으로 보았지만 개의치 않았다.

좀처럼 나는 아이스크림장수를 찾을 수 없었다. 내가 거의 포기할 즈음에 아이스크림장수는 기적처럼 우리 동네 놀이터에 다시 나타났다.

나는 아저씨를 보자마자 달려가 다짜고짜 말하였다.

"아저씨를 제가 얼마나 찾았는지 몰라요. 얼른 '마법 바 사이다맛' 주세요."

"오호. 녀석. 이제 제법 의젓해졌구나. 너에게는 행운이 있나보다. '마법 바 사이다맛'이 딱 하나 남았거든."

나는 두 손으로 마법 바를 건네받았다. 그리고는 마법 바를 한 손에 쥐고 냅다 뛰기 시작했다. 나는 뛰다가 멈춰 서서 아저씨에게 소리쳤다.

"감사합니다. 아저씨!"

검은 선글라스 아저씨는 빙그레 웃으며 나의 모습을 보았다.

날은 덥고 후덥지근하였다. 나의 손에 쥔 아이스 바는 녹는지 봉지에서 물이 뚝뚝 떨어졌다. 나는 서연이 집에 도착한 후 황급히 초인종을 눌렀다. 그리곤 거친 숨을 몰아쉬었다. 아무런 인기척이 없자 나는 조바심이 났다. 마법 바가 거의 반쯤 녹아있었기 때문이었다. 거실 창문 안의 커튼이 조금 움직였다. 아마도 서연이가 커튼 틈으로 내다보는 것 같았다. 나는 큰 목소리로 서연이를 불렀다.

"서연아. 잠깐 나와 봐. 급히 할 말이 있어."

나는 목소리를 높였다.

"서연아. 빨리 나와 봐. 급해. 부탁이야."

마법 바는 거의 녹아 있었다. 나는 울먹이는 목소리로 외쳤다.

"서연아. 제발 나와 줘. 부탁이야. 서연아. 네가 이 마법 바를 먹어야 분홍방귀를 꾸지 않는단 말이야. 서연아. 제발. 제발. 얼른."

나의 눈에서 어느새 굵은 눈물이 흘러내렸다. 드디어 대문이 열리고 서연이가 붉어진 얼굴로 나를 보았다.

"그게 무슨 소리야?"

“서연아. 미안해……. 미안…….”

나는 서연이에게 아이스크림장수에게 마법 바를 받은 일이며, 몰래 서연이에게 먹인 것이며 그 동안의 모든 것을 고백하였다. 서연이는 잠시 머뭇거리다가 내가 건넨 아이스 바를 먹었다.

“서연아. 어때 괜찮아?”

“응, 맛있다.”

서연이는 나를 따뜻한 눈빛으로 바라봤다. 그리고는 걱정스럽게 바라보는 나의 젖은 눈가를 부드러운 손으로 닦아주었다.

그 순간 나는 잠에서 깨었다. 나뭇잎 하나가 눈물로 촉촉해진 나의 눈가에 떨어져있었다.

나는 꿈속에서 서연이에게 복수를 하였다. 하지만 그것은 결코 신나거나 재미있는 것이 아니었다. 서연이가 현실에서 분홍방귀를 뀌지 않아서 정말 다행이었다. 나는 나도 모르게 깊은 안도의 한숨을 쉬었다.

다음날 학교에 가니 반가운 얼굴이 있었다. 아이들 사이에서 밝은 표정의 서연이가 보였다. 나는 서연이 옆에 앉아서 조심스럽게 서연이의 표정을 살펴보았다. 서연이는 변함없이 환하고 밝은 모습이었다.

‘서연이가 설마 분홍방귀를 뀌진 않겠지?’

나는 서연이에게 바짝 다가가 귓속말로 속삭였다.

“야, 어제는 미안했어.”

서연이는 나의 귓속말에 살짝 웃더니 내 공책에 연필로 작게 썼다.

‘응. 이제 괜찮아.’

“크크. 정말?”

나는 기분이 좋아 나도 모르게 큰 목소리로 외쳤다. 주변의 아이들이 우리 둘을 쳐다보았다.

나는 수업 중에 뽀옹~ 소리를 내며 방귀를 뀌었다. 서연이가 나를 보며 코를 잡자 나는 쑥스럽게 웃었다. 서연이는 오늘 유난스레 굴지 않았다. 얼마 지나지 않아 서연이도 작은 소리로 방귀를 뀌었다. 나는 흘끔 옆자리의 서연이를 보았다. 난 속으로 무척 기뻤다. 냄새는 조금 나지만 색깔은 없었기 때문이었다. 서연이도 내가 바라본 걸 아는지 쑥스럽게 웃었다.

야구장의 유령

초여름이 되자 대전구장 주변의 플라타너스 나뭇잎은 짙푸른 녹색이었다. 그날도 나무에 붙은 매미가 우렁차게 울어대고 있었다.

"휴, 오늘도 관중이 너무 없네."

민철이는 평소처럼 1루 응원석 응원무대 앞 두 번째 줄 가운데 자리에 앉았다. 주변을 휘휘 둘러보니 드문드문 사람들이 있었다. 총 관중은 대략 2천 명이 조금 못될 듯 했다.

언제나 그렇듯 야구장에는 몇몇 반가운 얼굴들이 있었다. 언제나 나팔을 가져와 부는 대학생 형과 항상 한국 세이커스의 원정경기 유니폼을 입고 오는 아저씨, 그리고 관중들에게 초코파이를 나누어주는 아저씨까지. 단골멤버가 오늘도 어김없이 왔다. 초코파이를 나누어 주는 아저씨는 별명이 초코파이 아저씨이다. 초코파이아저씨는 민철이하고도 친하게 지내는 사이였다. 초코파이아저씨가 먼저 말을 걸은 건 아니고, 민철이가 먼저 인사를 하며 살갑게 굴었다.

"아저씨, 오늘은 우리 팀이 이기겠죠? 그죠?"

민철이는 아저씨를 바라보며 씩 웃었다.

"글쎄, 오늘은 이겨야 되는데…… 사실 8연패는 심하잖아. 이

쯤에서 연패를 끊어줘야지 준 플레이오프라도 진출하지.”

아저씨가 옆자리에 놓은 박스에서 초코파이를 하나 꺼내어 민철이에게 투수처럼 멋진 폼으로 던져주었다. 초코파이는 민철이의 두 손에 쏙 들어왔다.

“스트라익! 아저씨 솜씨가 여전하시네요. 아저씨 정도면 제 5 선발투수는 가능할 거예요.”

“민철이도 공 잡는 걸 보니 백업포수는 가능할 것 같은데. 하하.”

“오늘 경기도 죽 쑤면 두 사람이 한번 나가 보슈. 내가 봐도 한국 세이커스에서는 즉시 전력감이네.”

민철이와 초코파이아저씨의 대화에 끼어들어 민철이 옆자리의 빨간 모자를 쓴 아저씨가 농담을 하자 주변사람들이 킥킥대며 웃었다.

“초코파이아저씨는 오늘부터 몸 만들고 있으슈. 내가 인터넷 게시판으로 감독한테 한번 건의해 보리다. 우리 투수는 죽 집에서 죽 쑤는 요리사로 직업을 바꿔야 해. 원체 못 던져야지. 나 참.”

빨간 모자 아저씨의 연이은 농담에 사람들은 박수까지 치며 웃어댔다.

“아 그러지 마세요. 우리 팀 선수들이 열심히 하는데 격려해 줘야죠. 누가 압니까? 오늘부터 연승바람 타서 9연승, 10연승

할지…….”

초코파이아저씨의 말에 여기저기서 ‘맞아, 맞아’ ‘그래, 그래’ 하는 소리가 터져 나왔다.

“초코파이아저씨 말이 맞기를 나도 원하고 있다우. 그러니까 오늘도 저녁회식약속 취소하고 왔지.”

“자, 그럼 이 초코파이 먹고 힘내서 응원하는 겁니다.”

초코파이아저씨는 빨간 모자 아저씨에게 초코파이 한 봉지를 던져주었다.

초코파이를 받은 빨간 모자 아저씨는 모자를 한번 벗었다 다시 썼다. 그건 고맙다는 뜻의 행동이었다.

그날의 경기는 한국 세이커스가 2대3으로 태산 베어스에게 졌다. 한국 세이커스는 8연패를 하였다.

민철이는 야구장에서 있다가 집에 밤늦게야 돌아왔다. 엄마와 아빠는 야구에 빠져서 공부는 뒷전인 외아들 민철이 때문에 걱정이 이만 저만이 아니었다.

“민철아, 오늘도 야구장 갔다 왔니. 넌 공부는 대체 언제 하려고 그래? 응?”

엄마의 잔소리에 민철이는 천연덕스럽게 웃기만 하였다.

“엄마, 어린이는 건강하고 잘 놀기만 하면 돼. 공부는 남 하는 만큼만 하면 되고.”

“녀석. 남하는 만큼만 하는 게 반에서 중간하는 거니. 내가

속 터져."

엄마는 민철이의 넉살에 핀잔을 주었다. 사실 민철이는 3학년 때 까지만 해도 영재 소리를 들었다. 하지만 4학년 때부터 야구장 가는 재미에 푹 빠지면서 성적이 내려가더니 5학년인 지금은 평범한 아이가 돼버렸다.

한국 세이커스의 연패가 길어지면서 대전구장의 관중은 점점 더 줄어들었다. 그리고 초코파이아저씨의 관중석에 초코파이를 던져주는 초코파이타임이 어느 순간 없어졌다. 민철이도 많은 골수 팬들도 아저씨의 건강이 안 좋은 건 아닌지 걱정을 하였다. 민철이는 아저씨가 없으니 대전구장이 활기를 잃은 것처럼 느껴졌다.

민철이는 야구장에 가려고 집을 나설 준비를 했다. 하지만 엄마, 아빠가 이번에는 못 가게 막았다.

"민철이, 너 오늘은 야구장 못 가. 집에서 공부해."

엄마가 두 팔을 벌리고 현관문 앞에 섰다. 아빠도 팔짱을 끼고 민철이를 보고 고개를 가로저었다.

"엄마, 나 늦었어. 1회부터 보려면 지금 나가야 돼."

"안 돼."

"왜 안 돼? 담임선생님이 나보고 야구 보는 건 건전하고 좋은 취미라고 했단 말이야. 선생님이 좋다고 하는데 왜 엄마, 아빠가 안 된데."

“담임선생님은 네가 한 달에 한두 번 가는 줄 아니까 그러지. 그러니까 그런 말씀 하시지. 안 그래, 여보?”

엄마가 아빠를 보며 동의를 구했다. 아빠도 고개를 끄덕였다.

“아냐. 담임선생님도 반 친구들도 모두 내가 자주 가는 거 안단 말이야.”

“민철이, 네가 정 그렇게 말하면 담임선생님한테 확인해 본다. 담임선생님이 그렇게 말 안 하시면 오늘부터 야구장 가는 대신 책 보는 거다. 알았지.”

민철이는 자신 있는 표정이었다. 아빠가 바지주머니에서 휴대폰을 꺼내어 담임선생님에게 전화를 걸었다.

“여보세요. 선생님. 안녕하세요. 저는 민철이 아빠입니다.”

아빠는 선생님과 길게 대화를 하더니 어두운 표정으로 전화를 끊었다. 그러더니 엄마를 보고 어쩔 수 없다는 듯이 어깨를 으쓱했다.

“야호! 나 야구장 갈게.”

엄마의 벌린 팔 밑으로 파고들더니 민철이는 날쌘 생쥐처럼 현관문을 열고 사라졌다.

“아니, 여보. 선생님이 뭐라 그래?”

엄마가 황당한 표정으로 아빠를 바라보았다.

“글쎄. 우리 민철이가 참 똑똑한 아이라는군. 3학년 때까지는 억지로 공부했는데, 이제는 스스로 알아서 공부할 때라네. 지금은 수업은 열심히 듣지만 성적이 썩 우수하지 않는 건 사실이래.”

“그럼 공부를 지금부터라도 열심히 시켜야지.”

“그런데 선생님 말씀이 민철이에게 조금만 더 시간을 주면 스스로 깨닫고 열심히 공부할 거래.”

엄마가 아빠의 말을 듣고는 한숨을 푹 쉬었다.

그날 야구장에서 민철이는 오랜만에 초코파이아저씨의 모습을 보았다.

“아저씨, 그 동안 어디 계셨어요? 안 오셔서 얼마나 걱정했다고요.”

“민철이 잘 지냈냐? 아저씨가 정말 오랜만에 오는 것 같다. 내가 하는 장사가 안돼서 요즘 고민이 깊었단다. 나도 그 동안 야구장이 얼마나 그리웠는지 모른다.”

초코파이아저씨는 느낌이 남다른지 애정 어린 시선으로 야구장을 한번 둘러봤다. 그런데 누군가를 발견했는지 눈이 황소눈이 되어서 손가락으로 전광판 화면을 가리켰다.

“어, 저 사람은 한국그룹 한 회장 아냐?”

“누구요. 저 중절모 쓴 사람이요?”

“그래. 저 사람이 바로 한국 세이커스의 구단주야.”

옆에 앉은 한 아저씨도 초코파이아저씨가 가리킨 사람을 보고는 주변사람들을 보고 말했다.

“맞아, 맞아. 아니 웬일로 회장이 경기를 보러 왔대?”

아저씨의 말대로 중절모를 쓴 사람은 한국그룹의 한기왕 회장이었다. 한기왕 회장의 좌우에 앉은 사람들은 한국그룹의 임원들이었다. 오늘 경기를 보러 온 한 회장은 사실 팀의 연고를 대전에서 다른 도시로 이전하는 최종 결단을 내리러 온 것이었다. 그날 관중동원 최하위인 경기장 열기를 느끼고는 한 회장은 자신의 결심을 굳힌 상태였다.

다음날 스포츠신문 일면 기사는 한국 세이커스의 시즌 첫 3연승이 아니었다. 한회장의 사진과 함께 실린 한국 세이커스 연고지 이전기사였다.

경기가 시작하기도 전에 야구장에서 초코파이아저씨는 맥주를 마시며 앉아있었다. 아저씨는 무척 우울해 보였다. 민철이도 기분이 우울하기는 마찬가지였다. 민철이는 조용히 아저씨 옆으로 다가갔다.

“아저씨, 술을 마시면 슬픔이 사라지나요?”

“응? 응, 민철이구나.”

아저씨가 풀린 눈빛으로 어눌하게 말했다.

“아저씨 술을 마시면 기분이 좋아지나요?”

민철이가 진지하게 묻자, 아저씨는 대답을 못했다.

“아저씨! 아저씨의 초코파이타임을 관중들이 기다리고 있어요. 관중들이 열심히 응원하면 한국 세이커스 선수들이 대전에 남아있고 싶어 할 거예요. 그리고 연승에 연승을 거듭할 거예요."

"정말 그럴까?"

아저씨는 민철이의 말에 맥주 컵을 발 옆에 치우고 초코파이 박스를 들고 통로 가운데로 갔다.

"여러분, 우리 열심히 응원합시다. 우리의 사랑을 한국 세이커스의 선수들에게 보여줍시다."

아저씨는 초코파이를 관중들을 향해 던지기 시작했다. 사람들은 초코파이를 받고는 밝은 표정을 하였다.

그날 경기는 한국 세이커스가 KG 트윈스에 대패를 하였다. 초코파이아저씨는 민철이에게 생선구이를 사주겠다며 같이 야구장에서 조금 떨어진 생선구이가게로 가자고 했다. 경기장을 나오는데 세이커스의 선수단버스 앞에서 소동이 일어난 것이 보였다. 술 취한 관중들이 버스를 가로막고 국물이 든 컵라면을 차에 던지고, 각종 음식물 쓰레기를 차 앞 유리에 던졌다. 어떤 사람은 날계란을 던지기도 했다. 결국 경찰이 출동해서야 사람들이 흩어졌고, 버스는 대전구장을 나올 수 있게 되었다. 초코파이아저씨와 민철이는 홈 팬들의 야유를 받는 홈 팀 선수들을 보고는 기분이 우울해졌다.

그날 안 아저씨의 직업은 생선구이 집 사장이었다. 한국 생선구이 집은 손님이 적어서 한산했다. 카운터에 있던 아저씨의 어머니가 민철이를 반겨주었다.

"어머니. 제 야구장 친구, 송민철군요."

"야구장에서 친하게 지낸다고? 민철이 얘기는 많이 들었다. 반갑다. 민철아. 민철이에게 우리 집 일품 고등어구이를 맛보게 해야겠네. 아줌마, 고등어 좀 맛있게 구어주세요."

아저씨 어머니가 주방아주머니에게 활기차게 주문을 했다.

식탁에 앉은 아저씨와 민철이는 한국 세이커스에 대한 자신들의 추억을 말하기 시작했다.

"난 전에 사귀던 여자 친구와 야구장에 갔을 때가 가장 즐거운 추억이야. 그땐 정말 한국 세이커스가 최강이었었지. 아쉽게도 이제 더 이상 그런 추억은 만들 수 없겠지만."

아저씨가 그때가 생각나는지 눈을 지긋이 감고 입가에 미소를 띠었다.

"전 야구를 라디오 때문에 좋아하게 됐어요."

"라디오?"

아저씨는 눈을 번쩍 떴다.

"예."

아저씨는 궁금하다는 듯이 눈을 깜박거렸다. 민철이는 쑥스럽게 웃었다.

"1학년 여름방학 때였어요. 할머니, 할아버지가 시골에서 농사를 지으시거든요. 원두막에서 책을 읽고 있었는데 할아버지가 원두막에 갖다 놓은 라디오에서 관중들의 열정적인 응원소리가 들렸어요. 딱 하는 소리에 엄청난 함성이 들리고 아나운서가 터질 듯한 목소리로 외치는 홈런~ 홈런입니다! 그 열정적인 소리 때문에 야구를 좋아하게 됐어요.”

각자의 추억을 하나씩 말하는 사이에 어느새 고등어구이가 나왔다. 민철이는 고등어가 너무 맛있어서 게 눈 감추듯 한 마리를 먹었다. 아저씨는 민철이가 맛있게 먹는 모습이 신기한지 밥은 안 먹고 바라만 보았다. 민철이는 입안에 생선살을 가득 담은 채 말을 했다.

“아저씨, 우리가 이대로 가만히 있을 수 없죠?”

“엉. 뭐? 한국 세이커스의 연고이전 말이냐?”

“네. 우리가 노력하면 한국 세이커스는 대전에 남을 거예요.”

“글쎄. 그게 그리 쉬운 문제가 아냐. 이미 구단주가 결정한 사항이니까.”

“구단주요? 구단주가 뭔가요?”

“야구팀을 소유한 주인이라는 뜻이야.”

“그럼 우리가 구단주를 설득하면 되지 않을까요?”

“구단주가 우리를 만나주기나 하나! 난 평범한 식당 사장이고 너는 초등학생일 뿐인데.”

“우리는 팬인데 만날 권리가 있지 않나요?”

“회장정도면 아무나 만나주질 않아.”

민철이는 고개를 갸우뚱했다.
"우리 인간은 모두 똑같은 존재잖아요."
아저씨는 설명하기 어렵다는 듯이 이맛살을 찌푸렸다.
"그래, 모두 똑같은 존재지. 하지만 사회적 영향력이 다 같지는 않아."
민철이는 잠시 말이 없었다.
"민철아, 밥 먹어. 네가 아무리 고민해도 답이 없는 것 같다."
"아저씨. 한국 세이커스가 회장 건가요? 감독과 코치와 선수들과 팬들의 것 아닌가요?"
"응?"
"우리가 지금껏 응원해왔던 건 선수들이잖아요. 그들을 설득하는 것이 대전을 떠나지 않게 하는 최선의 방법인 것 같아요."
"그건 정말 초등학생의 순진한 생각 같다."
"아니요. 우리가 선수들을 감동시키면 대전에 남아있고 싶어할 거예요. 그들이 결국 구단주를 설득해서 우리를 떠나지 않을 거라고요."
아저씨는 열정적으로 말하는 민철이를 보고는 가슴이 찡하였다.
"그래, 그럼 우리가 어떻게 그들을 감동시키지?"
"그건……. 아직 생각 못해봤어요."

아저씨는 잠시 눈을 감고 생각에 잠겼다. 민철이도 골똘히 생각을 하였다.

“아하! 이건 어떨까요? 우리의 마음을 형광지에 유성펜으로 써서 들고 서 있는 거예요. 모든 관중들이 한 장씩 들고 서 있는 거죠. 전 관중이 들고 서있으면 선수들도 코치도 감독도 감동하지 않을까요?”

“음…… 그건 정말 좋은 생각인 것 같다. 그런데 문제가 있어.”

“무슨 문제요?”

“비용 문제야. 결국 모든 것은 비용문제가 가장 큰 걸림돌이 되거든.”

“비용요?”

“그래, 앞으로 홈경기가 30경기이상 남았는데…….”

“그게 왜요?”

아저씨가 말끝을 흐리며 곁에 있던 어머니를 바라봤다. 아저씨 어머니는 깊은 한숨을 쉬었다. 민철이는 영문을 몰라 고개를 돌려 두 사람을 번갈아 보았다.

“한번 해보렴. 네가 정말 원한다면.”

“고마워요. 어머니.”

민철이는 영문을 몰라 아저씨 얼굴만 빤히 보았다.

“민철아. 형광지 천 장에 얼마일 것 같니? 그리고 유성펜 백

개 정도에 얼마일 것 같니?"

"예? 아…… 그렇구나!"

민철이는 삼십 번이 넘는 작전에는 엄청난 돈이 든다는 것을 깨달았다. 그 돈을 전부 아저씨가 부담한다는 것이었다.

민철이는 집에 늦게야 들어왔다. 하지만 엄마와 아빠가 꾸중을 하지 않았다. 아마도 선생님이 든든하게 자기 편을 들어준 덕분이라고 민철이는 생각했다. 민철이가 소파에 앉아서 텔레비전을 보고 있는 엄마, 아빠에게 슬며시 다가갔다.

"아빠, 엄마. 어쩌면 올해가 내가 야구장에 가는 마지막 해일지 몰라. 한국 세이커스가 다른 곳으로 이사 가거든."

"응, 아빠도 그 소식 들었다. 뉴스에 자주 나오더라. 민철이 섭섭하겠다."

"연고 이전하기 전에 맘껏 응원하렴. 엄마도 민철이가 그렇게 좋아하는 한국 세이커스가 떠난다니 섭섭하구나. 비록 너의 공부할 시간을 뺏긴 했어도 말이야."

엄마와 아빠는 민철이가 섭섭해 하는 걸 알고 위로해주었다. 민철이는 자신과 초코파이아저씨가 펼칠 감동작전을 말하고 싶어졌다.

"엄마, 아빠. 전에 내가 말한 초코파이아저씨 알지?"

"응. 너랑 친하다는 그 야구장 아저씨? 그런데 그 아저씨가 왜?"

아빠는 민철이가 무슨 말을 하려고 하는지 궁금한 표정이었다.

“그 아저씨가 형광지 천장과 유성펜 백 개를 살 거야. 그걸 가지고 우리 둘이 연고사수 감동작전을 펼 거야.”

“무슨 소리니? 시위라도 한다는 거야?”

엄마가 걱정스런 표정으로 민철이를 봤다. 민철이는 자신들이 생각한 감동작전에 대해 엄마와 아빠에게 설명하였다. 설명을 들은 아빠가 작게 한숨을 쉬었다.

“민철아. 아빠 말을 오해하지 말고 들으렴. 너의 감동작전이 잘못이라는 건 아냐. 아주 훌륭하고 멋진 일을 너와 초코파이 아저씨가 생각한 거야. 하지만 네가 꼭 알아야 할게 있어. 야구에서 가장 중요한 게 뭐니?”

“팬요.”

“그래 바로 팬이야. 관중이 없으면 구단이 돈을 못 벌고 감독과 선수들은 월급을 못 받아. 그런데 대전구장의 한국 세이커스 팬은 가장 적어. 성적이 좋을 때도 아주 적지. 구단과 선수들과 감독이 더 많은 돈을 벌 수 있고 더 많은 사랑을 받을 수 있는 다른 도시로 간다는 것이 잘못이라고 비난할 수만은 없어. 아빠 말이 무슨 말인지 알아듣겠니?”

“네.”

민철이는 기운 빠진 목소리로 대답했다.

“하지만 민철이의 감동작전은 정말 훌륭한 생각 같은데. 여보.”

엄마가 아빠를 웃으며 바라보았다.

“그러게. 정말 우리 아들이 이정도 생각을 할 수 있는지 몰랐네. 녀석. 기특하다.”

민철이는 어리둥절한 표정으로 엄마와 아빠를 바라보았다.

“비난작전이라면 아빠가 반대했을 텐데 감동작전이라서 찬성이다.”

“엄마도 찬성.”

엄마와 아빠가 민철이의 등을 두드려주었다. 그날 밤 엄마와 아빠와 민철이는 감동작전에 꼭 필요한 안내문을 같이 만들었다.

민철이는 다음날 일찍 야구장에 갔다. 야구장 입장 개시 전에 가니 몇 명의 사람들이 구장 근처에서 서성이고 있었다. 이 사람들은 거의 다 골수팬들이다. 그들 중에 두툼한 형광지 묶음과 커다란 비닐봉지를 발 밑에 내려놓은 사람이 보였다. 초코파이아저씨였다.

“아저씨, 오늘 작전이 잘 될까요?”

“글쎄. 잘되길 기도해야지.”

아저씨와 민철이는 손을 높이 들어 손뼉을 마주쳤다. 경기장 입장이 개시되고 드디어 작전을 펼칠 시간이 되었다.

민철이와 초코파이아저씨는 경기장 입구 바로 안쪽에 자리를 잡고 서있었다. 들어오는 사람들에게 아저씨는 형광지를 나누어주었다. 민철이는 연분홍색 보자기를 가방에서 꺼냈다. 보자기 양끝을 잡고 펼쳐서 두 손으로 가슴높이까지 들었다. 보자기에는 검은 유성펜으로 이렇게 쓰여 있다.「작전 명 : 야구장의 유령, 나눠드리는 형광지에 한국 세이커스의 응원문구를 적어주세요. 선수들이 대전을 떠나지 않게 그들을 감동시켜주세요. 유성펜은 다른 사람이 쓸 수 있게 소쿠리에 다시 넣어주세요.」

민철이는 유성펜이 담긴 소쿠리를 발 앞에 두고 외쳤다.

"여러분, 한국 세이커스를 응원하는 문구를 적어서 들어주세요. 선수들이 대전을 떠나지 않게 그들을 감동시켜주세요. 유성펜은 다른 사람이 쓸 수 있게 소쿠리에 다시 담아주세요."

관중들은 한 장씩 형광지를 받아갔다.

"아저씨, 어디에서 나오셨어요? 이거 지금 뭐 하는 겁니까?"

호리호리한 체격의 남자가 다가오더니 걸걸한 목소리로 아저씨에게 물었다. 민철이는 낯이 익었으나 누군지 잘 생각이 나지 않았다. 하지만 초코파이아저씨는 반갑게 인사를 했다.

"아. 응원단장님. 저희 둘은 지금 한국 세이커스 대전연고 사수 감동작전을 하고 있습니다. 저희 둘은 한국 세이커스 골수팬이랍니다."

“아. 이제 생각이 나네요. 아저씨, 초코파이아저씨시죠?”

응원단장은 아저씨와 민철이와 반갑게 악수를 했다. 아저씨는 응원단장에게 이번 감동작전을 설명했다. 응원단장은 아저씨의 이름과 직업, 가게이름, 위치 등을 물었다. 민철이에게도 어느 학교 몇 학년 누구인지 물었다.

삼송과의 경기가 시작되고 2회 초가 되자 준비했던 형광지 천 장이 모두 다 나갔다. 몇몇 사람이 쉬는 시간 중간에 응원문구를 드는 장면이 보였다.

“자, 초코파이아저씨와 송민철군은 무대로 나와 주세요.”

5회 말이 되자 응원단장이 초코파이아저씨와 민철이를 응원무대로 초대했다. 그리고는 아저씨의 이름과 직업, 가게이름, 위치 등을 소개했다. 민철이도 어느 학교 몇 학년 누구라고 소개했다.

“여러분, 모두 다 응원문구 쓰셨죠. 자, 이제 ‘야구장의 유령’ 작전을 시작합니다. 모두 들어주세요.”

응원단장이 외치자 사람들은 일제히 형광지를 들어올렸다. 드디어 기적 같은 장면이 연출되었다. 천 장의 형광지가 연출하는 응원은 장관이었다. 경기장 자체 카메라가 응원문구를 찍어서 전광판 화면에 보여주었다. 관중 각자의 소망과 응원의 문구를 읽으면서 민철이는 가슴이 뭉클하였다.

“여러분, 초코파이아저씨와 송민철 어린이를 돕고 싶은 분은 형광지를 몇 장씩 사서 한국생선구이가게로 가져오세요. 그럼 아저씨와 민철이는 시즌이 끝날 때까지 이 감동작전을 계속할 수 있답니다. 두 분께 응원의 박수 부탁 드립니다."

응원단장의 말이 끝나자 관중들은 두 사람에게 우레와 같은 박수를 쳐주었다. 아저씨와 민철이는 뿌듯한 마음으로 무대를 내려왔다.

경기는 9회 말 역전승으로 한국 세이커스가 삼송 라이온즈를 이겼다. 경기가 끝나자 관중들은 일제히 형광지로 종이비행기를 접어 날려 보냈다. 대전구장에 천 개의 종이비행기가 나는 장관이 연출됐다.

다음경기에도 이른 시간에 초코파이아저씨와 민철이는 경기장에서 만났다. 아저씨가 두툼한 형광지 묶음과 유성펜이 담긴 봉지를 들고는 싱글벙글 웃으며 서있었다. 아저씨는 그날 경기가 끝나고 많은 한국 세이커스 팬들이 가게로 찾아와 형광지를 놓고 갔다고 했다. 그들이 사온 형광지는 모두 이천 장이 넘었다. 사람들이 이제 초코파이아저씨와 민철이와 감동작전을 같이 하는 것이었다. 그 다음경기에는 사천 장이 넘는 형광지가 모였다. 이제 관중들은 형광지 응원을 각자가 자발적으로 하기 시작했다. 관중들도 늘기 시작했다. 이제 대전구장의 거의 모든 관중이 하는 형광지 응원은 대전구장의 명물이 되었다.

시즌 막바지가 되어 대전구장의 감동작전이 전국적으로 화제가 되자 한 스포츠신문에 이런 기사가 떴다.

「감독도 코치도 선수들도 감동을 했다. 그리고 드디어 구단주인 한회장과 한국그룹도 감동을 했다.」

놀랍게도 그 해 시즌 마지막 경기에서 이긴 한국 세이커스는 7년 만에 준 플레이오프에 진출했고, 더 놀랍게도 한국그룹은 연고이전계획 철회와 영구적인 대전연고를 선언했다. 한회장과 한국그룹은 신문광고를 통해 대전 시민들에게 연고지를 이전하려 했던 것에 대해 정식으로 사과를 했다.

민철이는 초코파이아저씨의 가게에 오랜만에 놀러 갔다.

"아저씨. 저 왔어요. 장사가 잘 되네요."

"민철이 왔구나, 다 민철이 덕분이지."

아저씨는 시즌이 끝나고 가게일로 정신 없이 바쁜 하루를 보내고 있었다. 한국 세이커스의 많은 팬들이 초코파이아저씨의 가게로 찾아와 인사를 하고 식사를 하고 가기 때문이었다. 아저씨의 어머니도 가게 일을 하느라 정신 없이 바쁘다고 했다. 다 손님이 많아진 덕분이었다.

"민철아. 뭐하니."

거실에서 엄마가 방에서 기척이 없는 민철이를 불렀다.

"네. 지금 책 읽고 있어요. 엄마."

민철이는 요즘 독서에 푹 빠져있다. 민철이는 한국 세이커스 감동작전을 펼치고는 부쩍 철이 들었다. 엄마와 아빠도 민철이가 야구도 좋아하고 공부도 좋아하는 것을 보고 담임선생님의 말씀이 맞는다는 것을 알게 됐다.

초코파이아저씨는 새로운 별명이 생겼다. '야구장의 유령' 아저씨는 죽어서도 대전구장의 유령이 될 것 같다고 팬들이 이런 별명을 붙여주었다. 물론 민철이에게도 멋진 별명이 생겼다. '슈퍼야구광 송민철'이라고 말이다.

라면국수

"준아! 한 숟갈만 더 먹어!"

"안 먹어! 배부르다고 했잖아!"

나는 오늘도 할머니와 싸웠다. 할머니가 많이 안 먹는다며 자꾸 더 먹으라고 스트레스를 줬기 때문이다. 나는 할머니가 사는 이모네 집을 토라진 채 나왔다. 할머니는 집 앞 골목까지 나와 나의 뒷모습을 바라보았다. 나는 화가 나서 버스를 타고 집으로 돌아왔다.

엄마는 저녁 늦게 이모네서 돌아온 나를 보자마자 대뜸 타박을 하였다.

"왜 이렇게 늦게 집에 와? 또 할머니 보고 온 거니? 할머니한테만 관심 갖지 말고 이 엄마한테도 관심 좀 가져보렴!"

"모르는 소리 하지 마. 할머니랑 싸우고 왔단 말야. 엄마는 잘 알지도 못하면서……."

"할머니라면 껌벅 죽는 우리 아들이 할머니랑 뭐 땜에 싸웠데?"

엄마의 핀잔에 나는 팅팅 부은 목소리로 대꾸했다.

"뭐긴 뭐야! 또 많이 안 먹는 거 땜에 싸운 거지! 할머니는 정말 이해할 수 없다니깐."

엄마는 나에게 핀잔을 주었다.
"네가 이해해야지! 할머니는 워낙 못 먹고 살은 세대잖니. 그러니까 손자에 대한 사랑을 많이 먹이는 걸로 표현하는 거야."
나는 엄마가 할머니를 두둔하는 것이 싫지 않았다. 벌써 할머니에 대한 화가 누그러졌기 때문이다.
엄마는 할머니가 마흔 살에 낳은 늦둥이다. 할머니는 막내딸인 엄마를 무척 예뻐하신다. 그리고 할머니는 나와 누나도 다른 사촌형제들보다 더 예뻐하신다. 나는 정말로 할머니가 좋다. 가끔씩 할머니가 나의 속을 뒤집는 말을 하지만 말이다.
나는 수업이 끝나자마자 가방을 메고 이모네로 가는 버스를 탔다. 나는 차창너머 익숙한 거리를 바라보는 것이 항상 즐겁다.
"할머니! 나 왔어."
내가 이모네 집 앞에서 고함을 지르자, 이내 안방 문이 스르륵 열리고 할머니가 함박 웃는 얼굴로 나왔다.
"아이고! 우리 준이 왔구나! 어서 들어오렴."
나는 신발을 벗고 냉큼 마루 위로 올라갔다. 할머니는 내가 오자마자 밥상부터 차리기 시작했다.
"우리 준이 배고프지? 할미가 얼른 밥 차려 줄게."
할머니는 부엌에서 바쁘게 움직였다. 난 할머니가 밥을 밥그릇에 많이 담을까 봐 슬며시 걱정이 됐다.

"준이야! 한 그릇 더 먹어라."

"할머니. 나 배불러."

"아이, 이만치만 더 먹어."

할머니는 한 그릇을 다 먹은 나에게 다시 밥을 한 가득 퍼주었다. 나는 언제나 이모네 집에 놀러 오면 배가 터질 듯이 많이 먹어야 한다. 하지만 할머니가 나를 사랑하는 마음을 잘 알기에 꾸역꾸역 밥을 다 먹었다.

"오늘은 자고 내일 아침에 가라."

"안 돼, 할머니. 엄마한테 혼나. 밤에 버스 타고 갈래."

"잉! 녀석."

할머니는 나를 흘겨보았다. 서운한 눈치였다. 나도 자고 가고 싶었다. 하지만 이모가 장사를 마치고 돌아오면 안방에서 나와 할머니와 이모가 함께 자는 것이 영 어색하였다.

이모네 집은 방이 두 개다. 안방과 건넛방. 안방에서는 이모와 할머니가 살고 건넛방은 신혼부부가 세를 산다. 방은 두 개지만 나는 이 집이 좁다고 생각한 적이 없다. 이 집에는 넓은 마당이 있기 때문이다. 집 마당에는 텃밭이 있어 할머니는 각종 채소를 기른다. 할머니는 야쿠르트병, 드링크병, 음료수병, 맥주병 등을 모았다. 내가 할머니에게 이런 건 왜 모으냐고 물으니 할머니는 이게 다 돈이라고 했다. 물론 이모는 용돈도 넉넉하게 주는데 왜 궁상인지 모르겠다고 할머니에게 잔소리를 했다. 마당 한쪽에는 포대에 이 네 가지가 항상 잘 정돈되어 담겨있었다. 저녁이 될 때까지 나는 텔레비전을 보았고 할머니는 마당 텃밭에서 잡초를 뽑았다.

"준아. 할미와 슈퍼에 가자."

"응? 왜? 뭐 사게?"

밭일을 마치신 할머니는 마당에서 나를 보고 대답 대신 빙그레 웃었다. 나는 할머니를 따라 동네 슈퍼로 갔다. 할머니는 아이스크림 한 개, 라면 한 개, 국수 한 개 그리고 계란 한 개를 샀다. 나는 할머니가 사준 아이스크림을 먹으면서 아까부터 궁금했던 걸 물었다.

"할머니! 할머닌 라면 같은 거 안 먹잖아. 근데 왜 샀어?"

"우리 준이가 좋아하는 거잖니."

사실 나는 멸치 들어간 국수는 싫어하지만 라면은 좋아한다. 하지만 자주 먹지는 못한다. 엄마가 인스턴트음식은 몸에 안 좋다며 해주질 않기 때문이다. 집에 오자마자 할머니는 라면을 끓이기 시작했다. 그런데 할머니는 라면에 국수를 넣어 같이 끓였다. 그리고는 계란을 하나 풀어 넣었다. 면이 다 익자 할머니는 대접 가득 담아 나에게 라면을 주었다. 나는 조금 실망했다. 스프가 한 개밖에 들어가지 않아 맛이 싱거웠으며 라면이 국수와 섞여 특유의 쫄깃한 맛이 없었기 때문이었다. 나는 반 그릇도 먹지 못했다. 나머지는 할머니가 다 먹어야 했다. 나는 할머니가 라면국수를 먹는 동안 익숙한 풍경의 마당을 보았다. 그런데 조금 달라진 것이 있었다. 그것은 네 개의 재활용품 포대 중 한 포대가 없어진 것이었다. 나는 놀라서 할머니에게 물었다.

"할머니, 마당에 있던 한 포대 어디 갔어?"

"지금 네 뱃속에 있잖니."

"응?"

"고물상이 맥주병 한 포대 가져갔다. 그래서 이 할미가 돈 좀 벌었단다."

할머니는 나를 보고 빙그레 웃었다.

그날 이후로도 할머니는 고물상을 부를 때마다 나에게 라면국수를 해주었다. 하지만 나에게는 너무 맛이 없어서 매번 고역이었다. 라면국수를 할머니가 평소보다 잔뜩 해주던 날, 나는 결국 화가 폭발하고 말았다.

"이렇게 맛없는 걸 어떻게 더 먹으라는 거야? 이제 이런 건 먹기 싫어! 나 집에 갈래!"

맛없는 라면국수를 더 먹으라는 할머니의 재촉에 나는 결국 할머니에게 고함을 지르고 말았다. 나는 화가 나서 씩씩거리며 집으로 가는 버스에 올라탔다. 날 따라와 애처로운 눈빛으로 바라보던 할머니를 난 끝내 외면했다. 그만큼 나는 화가 머리 끝까지 나 있었다.

집에선 엄마가 안방에서 누나의 머리를 염색해 주고 있었다. 엄마는 뽀글뽀글 라면머리 파마를 한 채였다.

"왜 오늘은 이모네서 이 시간에 오니? 무슨 일 있니?"

"할머니와 싸웠어. 억지로 맛도 없는 라면국수를 먹으라잖아. 정말 할머니는 이해할 수가 없어. 특히 먹는 거에……."

"라면은 네가 좋아하는 거 아냐?"

누나가 동그란 거울을 손에 들고 요리조리 보면서 말했다.

"라면은 좋아하지만 할머니가 끓여주는 국수 넣은 밍밍한 라면국수는 정말 싫단 말이야."

이 말을 듣고 엄마가 혀를 차며 나무랐다.

"쯔쯔. 아이고, 이 녀석아! 할머니가 제일 좋아하는 음식이 국수야. 국수가 먹고 싶은데 너랑 먹으려고 라면과 같이 끓이신 거지. 할머니는 네가 라면을 좋아하니까 같이 끓이면 좋아할 줄 안 거지. 그리고 밍밍한 건 할머니가 자극적인 맛을 안 좋아하니까 그런 거고."

"나 같으면 할머니를 위해서도 그냥 맛있게 먹겠다."

누나가 나의 속을 뒤집는 말을 태연하게 했다.

"누군 그 동안 억지로 안 먹은 줄 알아? 잘 알지도 못하면서……."

나는 엄마와 누나와 말싸움하는 게 싫어서 이내 내 방으로 갔다. 그리고 침대에 벌렁 드러누웠다. 나는 가만히 누워 천장을 한동안 바라보았다. 할머니에게 화낸 것이 마음에 걸렸다.

엄마가 살짝 방문을 열고 나를 불렀다.

"준이야. 자니?"

"왜?"

엄마는 내가 일어나 침대 위에 앉자 방안에 들어와 조심스레 물었다.

"할머니가 아무 말 안 하던?"

"무슨 말?"

"아직 할머니가 아무 말 안 했구나. 할머니가 다음 주부터 신장투석을 정기적으로 받아야 해. 그러니까…… 신장이 이제 너무 약해져서 기계로 피를 맑게 하는 거야. 네가 종합병원에 일주일에 한 번씩 할머니를 모시고 가지 않을래?"

"할머니 많이 아파?"

"아니. 병원에 다니시면 괜찮으실 거야. 다음 주는 내가 너랑 할머니랑 같이 갈 테니까 가는 길이나 진료 절차 같은 거 잘 익혀둬. 알았지?"

나는 할머니가 아프다는 말에 기분이 우울해졌다.

병원에서 할머니는 아기 같았다. 혈관이 잘 안보여서 간호사 누나는 주사바늘을 열 번도 넘게 찔렀고 결국 할머니는 아파서 눈물을 흘렸다. 할머니가 우는 걸 나는 처음 보았다. 나도 눈물이 나왔다. 신장투석을 받은 할머니는 잘 걷지 못했다. 엄마와 내가 옆에서 부축을 하자 간신히 병원을 나와 이모 집에 올 수 있었다.

나는 이모네를 더는 놀러 가지 않았다. 할머니가 내는 신음 소리가 듣기 싫었기 때문이었다. 엄마가 왜 요즘은 할머니 뵈러 가지 않느냐고 자주 물었다. 나는 엄마에게 할머니의 신음 소리가 싫고, 할머니를 모시고 신장투석을 받으러 가는 것이 싫다고 말할 순 없었다. 내년에 중학교 올라가는 것 때문에 공부해야 한다고 둘러댔다. 나는 할머니를 피하고 싶었다.

일요일에 집에서 텔레비전을 보고 있을 때 이모가 우리 집으로 놀러 왔다. 그리고는 바로 나를 찾았다. 이모는 나에게 별 관심을 나타낸 적이 없다. 그래서 같이 대화해 본 적도 별로 없다.

"준이야. 이모가 요즘 준이가 놀러 오지 않아서 얼마나 서운한지 몰라."

"예?"

나는 항상 이모가 없을 때 놀러 갔기 때문에 이모랑 마주친 적이 거의 없다. 그래서 이모가 서운하다는 그 말은 너무 뚱딴지 같이 들렸다.

"할머니랑 준이가 너무 친하게 잘 지내서 이모가 그 동안 얼마나 준이에게 고마웠는데…… 준이가 할머니의 친구가 돼 주었잖니."

나는 고개를 숙이고 이모의 말을 묵묵히 들었다.

"준이가 놀러 오면 이모가 맛있는 것도 사주고 잘해줄게. 다시 이모네 집으로 놀러 와. 응?"

나는 머리를 숙이고 고개를 끄덕였다. 눈물이 쏟아질 것 같았다.

할머니의 진료가 있는 날이 되었다. 나는 담임선생님에게 할머니가 신장투석 받는 것을 도와야 한다고 말했다. 선생님은 수업을 일찍 끝내고 하교하는 것을 허락해 주었다. 나는 버스를 타고 이모네 집으로 향했다.

마루 앞에 이모의 구두가 놓여있었다. 안방에 있던 이모는 나를 보자 환하게 웃었다.

"준이 왔구나! 할머니 뵈러 왔니?"

나는 고개를 저었다.

"아니요, 할머니 모시고 병원 가려고요."

이모는 깜짝 놀라는 표정이었다.

"아니, 몰랐니? 너희 누나 경희가 그 동안 할머니 모시고 신장투석 받으러 다녔는데……."

"누나가요? 누나 미술수업은 어떡하고요?"

"글쎄 나도 경희가 대학교 가는 게 걱정돼서 물어보니 자기는 실력이 있어서 별 걱정 안 해도 된다던데? 아직 고1이니까 일주일에 한번 빠지는 건 별로 큰 문제가 아니라고, 걔가

워낙 영특하잖니. 후훗."

나는 고개가 숙여졌다. 그 동안 바쁜 누나가 할머니를 도운 것이었다.

"이모는 옷 가게 가봐야 하니까, 집 잘 보고 있어라. 알았지."

나는 고개를 끄덕였다.

구름이 해에 붉게 물들 즈음 할머니가 돌아왔다. 누나가 옆에 있었다. 아파 보이던 할머니는 나를 보더니 이내 활짝 웃었다.

"아이고, 우리 준이 왔구나. 네가 안 와서 할미가 얼마나 걱정을 했었다고."

나는 누나를 곁눈질로 보았다. 누나는 할머니를 모시고 병원에 가는 것에 대해 우쭐하거나 거만한 표정을 짓지 않았다. 누나는 평소 그대로의 누나였다.

할머니는 옷을 갈아입은 후 슬리퍼를 신었다. 대문 밖을 나선 후 돌아온 할머니의 손에는 라면을 담은 검은 봉지가 들려 있었다. 누나가 할머니에게 물었다.

"할머니, 라면 먹게? 난 얼굴 부어서 싫은데……."

"아이고, 경희야. 우리 준이가 라면을 얼마나 좋아하는데. 내가 얼른 끓여줄게."

나는 할머니를 똑바로 볼 수가 없었다. 전에 라면 때문에 할머니에게 화냈던 것이 영화의 한 장면처럼 머릿속을 스쳐 지나갔다. 나는 조그마한 목소리로 말했다.

"할머니, 나 국수 먹고 싶어. 멸치로 국물 낸 국수!"

할머니는 눈을 동그랗게 뜨고 나를 보았다.

"으응? 라면이 아니라, 국수 먹고 싶다고?"

"나도 국수면 먹고 라면이면 안 먹을래."

누나가 한 마디 거들었다.

나와 누나의 말을 듣고 할머니는 이내 밝게 웃었다.

"그래, 할미도 국수 먹고 싶었다. 내 얼른 국수로 바꿔올게 기다려라."

나는 할머니의 손에 있는 라면을 냉큼 빼앗았다. 그리고 할머니의 손을 잡았다.

"같이 가. 할머니."

"그래, 같이 가자."

"할머니, 준이 많이 못 먹으니까 너무 많이 사면 안 돼. 할머니가 많이 먹여서 이모네 놀러 안온 거란 말이야."

"그래? 할미가 그것도 모르고 서운해했구나. 미안하다 준이야."

할머니는 나의 얼굴을 앙상한 두 손으로 따스하게 쓰다듬었다. 누나는 웃는 얼굴로 할머니와 나를 바라보았다.

사탕 녹여먹기

학교수업이 끝나자마자 나는 뜨거운 햇볕을 받으며 집으로 뛰어갔다. 신호등을 몇 번을 지나 꼬불꼬불한 골목길을 뛰어 집에 도착하였다. 우리 집은 안방과 부엌과 화장실이 전부다. 하지만 마당이 있어 집에 와도 답답하지 않다. 나는 녹슨 양철대문 앞에서 형을 큰 소리로 불렀다.

"형! 나 왔어. 승우 왔어."

곧 대문이 열렸다. 형은 날 보며 해맑게 웃었다. 형은 나이가 스물이지만 지능은 유치원생과 같다.

"승우 왔구나. 오늘 공부 열심히 했어?"

난 집안으로 들어오며 좁은 마당에 차곡차곡 쌓인 폐지를 보았다.

"응. 오늘 영어수업이 너무 재미있었어. 선생님이 영어 잘한다고 칭찬해줬어."

나는 마루에 올라가 나무문을 열고 안방으로 들어갔다. 방안엔 껍질을 까려고 쌓아 놓은 마늘더미가 가득했다. 형이 마당에서 나를 대견하게 바라봤다.

"와. 우리 승우 5학년인데 영어도 할 줄 알아? 우아. 최고다."

"어브 콜스. 와이 낫."

"우아. 우리 승우, 너무 멋있다."

형이 마루에 걸터앉았다.

"형. 마늘 까고 있었어?"

"응. 오늘 마늘을 20단도 넘게 깠어."

"와. 형 많이 깠네. 형도 최고다. 형이 마늘 까는데 챔피언이야."

"정말? 형 기분 좋다. 우리 승우가 챔피언이라고 해주니까. 근데 챔피언이 좋은 거지?"

나는 형이 쑥스러워 뒷머리를 긁는 모습을 보고 웃음을 터뜨렸다. 형도 그런 날 보고 헤벌쭉 웃었다.

"형. 나 배고파. 밥 먹자."

"조금만 기다려. 할머니가 깐 마늘 팔고 곧 시장에서 오실 거야."

난 홀쭉한 배를 만지며 입을 삐쭉 내밀었다.

"할머니 언제 오는데? 나 오늘 친구들하고 축구 해서 배고픈데……."

형은 주머니에서 사탕 하나를 꺼내 내게 내밀었다.

"와. 내가 좋아하는 청포도 알사탕!"

"이거 먹고 조금만 참아. 할머니 오면 같이 밥 먹자."

난 사탕을 입안에 넣고 오물거리다 오도독 깨물었다. 그리고 고개를 끄덕였다.

형이 마늘을 까자, 나는 작은 밥상을 펴놓고 숙제를 하기 시작했다. 난 눈이 매워 방문을 열었다. 그때 형은 마늘을 까면서 눈이 매운 지 눈물을 찔끔거렸다.

"형. 눈 매워?"

"응. 조금! 근데 참을 수 있어."

난 형에게 화장지를 갖다 주었다. 형은 눈물을 닦으며 다시 밝게 웃었다.

"형. 울다가 웃으면 똥구멍에 털 나."

형은 깜짝 놀라며 나를 쳐다봤다.

"정말? 그럼 이제 안 울래."

형이 내 농담을 듣고는 안 울려고 눈에 힘을 주었다. 난 형의 그런 모습이 너무 웃겼다. 하지만 형의 눈이 점점 빨개지는 걸 보니 미안했다.

"형. 눈물 흘려도 돼. 마늘 땜에 눈물 나는 건 괜찮아."

"정말. 휴. 다행이다."

형은 한숨을 내쉬며 눈물을 주르륵 흘렸다. 그때 낯익은 목소리가 들렸다.

"언구야. 승우야! 할미 왔다."

"와. 할머니!"

나는 벌떡 일어나 마당으로 뛰어나갔다.

대문을 여니 할머니가 손에 검은 봉지를 들고 있었다.

"할머니. 오늘 왜 이렇게 늦었어?"

"오늘 깍쟁이 같은 손님들이 많아서 늦었다. 죄다 가격을 깎으려고 하지 뭐냐. 우리 언구랑 얼마나 고생해서 마늘을 깠는데. 그치 언구야?"

형이 마루에 서서 할머니를 웃으며 바라봤다.

"다 팔았어?"

"그럼! 이 할미가 누구냐. 삼치도 튀겨 먹으려고 한 마리 사 왔다."

할머니가 검은 봉지를 높이 들어 보이고는 환하게 웃었다. 몇 개 없는 이가 고스란히 보였다.

우리 셋은 안방에서 작은 밥상에 둘러앉아 밥을 먹었다. 사이 좋게 삼치 튀김을 나눠 먹었다. 저녁을 먹고 할머니와 형은 마늘을 까기 시작했다. 나는 텔레비전 앞에 앉아서 코미디 프로를 보았다.

형은 마늘을 까면서 텔레비전에서 우스운 소리가 나면 히쭉히쭉 웃었다. 할머니는 그런 형이 우스워서 까르르 웃었다. 그럼 나도 둘이 웃는 게 웃겨서 킥킥댔다. 우리 셋은 그렇게 별일도 아닌 것에 한바탕 웃곤 했다. 밤이 되자 우리는 마늘을 마루에 치웠다. 그리고 요와 이불을 방에 깔고 나란히 누웠다. 형이 가운데 눕고 할머니와 나는 양 옆에 누웠다.

잠이 솔솔 오려는데, 잠결에 할머니가 형에게 묻는 걸 들었다.

"엄마와 아빠가 원망스럽진 않지?"

순간 잠이 달아났다. 형은 말이 없었다.

"원망스럽냐?"

"그냥 보고 싶어요."

할머니와 형은 한참 동안 말이 없었다. 형의 대답에 나는 눈물이 났다.

"착하게 살면 엄마와 아빠가 돌아올 거다."

"정말요? 할머니. 정말요?"

"그럼. 정말이고 말고."

형은 웃고 있었다. 보이지 않아도 알 수 있었다.

학교 수업이 끝나고 친구 집에서 애니메이션 DVD를 볼 때였다. 친구들과 한창 재미있게 보고 있었다. 그런데 과자를 사러 슈퍼에 갔던 한 아이가 나에게 달려왔다.

"승우야. 큰일 났어. 지금 언구 형이 무서운 형들에게 붙잡혔어."

"뭐?"

나는 깜짝 놀라 헐레벌떡 신발을 신고 친구가 알려준 곳으로 곧장 달려갔다.

슈퍼 앞 전봇대 밑에서 우리 형이 동네 불량한 중학생 형들에게 둘러싸여 있었다.

나는 걱정이 되었다. 마음은 형에게 달려가고 싶었다. 하지만 용기가 나질 않았다. 그래서 골목 어귀에 숨어서 바라봤다. 몰래 바라보는 걸 들킬까 봐 심장이 쿵쾅거렸다.

중학생 형들은 형에게 한참을 인상을 쓰며 얘기를 했다. 형은 그 얘기를 듣더니 고개를 끄덕였다. 형은 중학생 형들에게 돈을 받았다. 그리고 동네 슈퍼로 갔다. 형은 담배를 사서 그 형들에게 건네주었다. 중학생 형들은 히쭉히쭉 웃으며 형의 어깨를 툭 치고는 사라졌다. 무서운 형들이 사라지자 나는 얼른 형에게 달려갔다.

"형. 괜찮아?"

"어, 승, 승, 승우야."

형은 나를 보자 얼굴이 빨개졌다. 그리고 고개를 끄덕였다.

저녁이 되어서야 우리들은 집에 왔다. 할머니는 된장찌개를 끓여 놓고 기다리고 있었다.

밥을 먹고 우리는 같이 텔레비전을 보았다. 코미디 프로그램을 보면서 할머니는 연신 웃었다. 그런데 그때 형이 슬그머니 주머니에서 사탕 한 봉지를 꺼냈다. 할머니와 나는 청포도 사탕을 보고 깜짝 놀랐다.

"이게 웬 사탕이냐?"

"슈퍼아저씨가 준 거에요."

형은 얼굴이 붉어졌다.

"그 양반이 왜?"

"슈, 슈, 슈퍼 앞 쓰레기 잘 줍는다고……."

형은 말을 더듬었다. 할머니는 별 의심 없이 사탕을 먹었다. 그리고는 환하게 웃었다.

"별일이네. 너도 하나 먹어라."

나도 사탕 하나를 입에 넣었다. 오도독 오도독 씹어 먹었다.

형은 사탕을 먹지 않았다. 할머니와 내가 사탕 먹는 것만 흐뭇하게 바라봤다. 형의 표정은 정말 행복해 보였다.

며칠이 지나 형은 사탕 한 봉지를 또 가져왔다.

"슈퍼아저씨가 준 거에요."

"별일일세. 그 양반이 왜 자꾸 주지?"

할머니는 슈퍼아저씨의 선물에 또다시 놀랐다. 조금 이상하긴 했지만 이번에도 할머니와 나는 사탕을 맛있게 먹었다.

낮에 주로 할머니는 동네에서 폐지를 줍는다. 그리고 그걸 팔아 돈을 번다. 할머니는 힘들게 동네를 돌아다닌다. 그때마다 사탕을 자주 먹는다. 일이 힘들어도 청포도 사탕을 하나 먹으면 힘이 난다고 우리에게 자주 말했다.

형이 세 번째로 사탕을 가져오던 날이었다.

"아무래도 오늘은 그 양반에게 인사를 해야겠다."

할머니는 슈퍼아저씨에게 고맙다는 말을 하러 집을 나섰다.

형은 할머니가 슈퍼에 가자마자, 일어났다 앉았다 하며 안절부절 못했다.

"어쩌지, 어쩌지, 어쩌지."

"형. 괜찮아?"

난 형의 불안한 모습에 걱정이 되었다.

잠시 후 할머니는 어두운 표정으로 집에 돌아왔다.

그리고는 이내 말없이 요와 이불을 깔고 잠자리에 들었다. 형도 나도 일찍 잠자리에 들었다. 할머니는 잠들지 못하고 깊은 한숨을 계속 내쉬었다. 그리고는 형에게 작은 목소리로 말했다.

"담배가 몸에 나쁜 건 알지?"

"네."

형은 모기만한 목소리로 대답했다.

"언구야. 건강이 우리 집 식구들의 재산인 겨. 알았지?"

할머니의 걱정 어린 말투에 형은 어깨를 들썩거렸다.

형은 울고 있었다.

"형. 왜 울어? 형……."

나는 무슨 영문인지 몰라 형을 작은 목소리로 계속 불렀다.

형은 한참을 울고는 새우처럼 몸을 웅크린 채 잠이 들었다.

며칠 후 전봇대 밑에서 형이 그 중학생 형들에게 둘러싸인 걸 다시 보게 되었다.

난 이번엔 용기를 냈다. 곧장 형에게 달려갔다.

"우리 형에게 왜 이래요?"

날 보고 형의 눈이 왕방울처럼 커졌다.

"승우야!"

"뭐야. 넌? 혼나고 싶어? 저리 안가?"

형은 나를 품에 안았다. 그리고는 중학생 형들이 주는 돈을 받지 않으려고 안간힘을 썼다.

"야! 언구. 정말 이럴래?"

한 중학생 형이 형에게 고함을 쳤다.

"싫어! 이제 싫어."

형도 소리를 내질렀다.

"야! 정말 이러기야?"

"싫어! 싫다고!"

"야, 야. 가자! 가! 에이 퉤."

한 중학생 형이 땅바닥에 침을 뱉으며 그 자리를 떠났다. 그러자 나머지 형들도 땅바닥에 침을 뱉고는 사라졌다.

"형!"

나는 형의 얼굴을 올려다봤다.

형은 나를 보며 환하게 웃었다.

"나 이제 더 이상 담배 심부름 안 해. 더 이상은 안 해. 사탕 없어도 좋아."

"수고비로 사탕을 한 봉지씩 사온 거야?"

형은 고개를 끄덕였다.

"형. 그 중학생 형들이 형 괴롭히면 어쩌지?"

나는 형이 걱정되었다.

"아니. 괜찮아. 철환이와 진수는 어릴 때부터 내 동네친구야. 친구 부탁이라 들어준 거야."

그 형들이 우리 형의 친구였다니 좀 안심이 되었다.

집으로 가려고 하는데 슈퍼아저씨가 우리 둘을 불렀다.

"너희 잠깐만 이리 와봐."

"네?"

우리 둘은 슈퍼 출입문 앞에 섰다. 아저씨는 슈퍼 문 앞에 놓인 둥근 플라스틱 의자에 앉아 형을 빤히 바라봤다. 그리고 무겁게 입을 열었다.

"언구야. 저번에 할머니가 왔다 갔는데 내가 너무 미안했다. 너에게 담배를 팔아서 할머니가 얼마나 날 원망했는지 모른다."

형은 죄인처럼 아저씨 앞에 서있었다.

"그거. 형이 피려고 산 거 아니에요. 형 친구가 부탁해서 어쩔 수 없이 심부름 한 거예요."

"그래? 정말이지? 아무튼 언구는 담배 안 피는 거지?"

"네. 아저씨."

형은 고개를 푹 숙인 채 끄덕였다. 아저씨는 환하게 웃었다.

"언구 너에게 부탁할 게 있는데…… 우리 슈퍼 앞이랑 우리 동네입구를 하루에 한번씩 빗자루로 쓸어 줄 수 있냐?"

형은 아저씨를 바라봤다. 그리고 밝은 표정으로 고개를 끄덕였다.

형은 슈퍼 앞과 동네입구를 아침마다 빗자루로 쓴다. 그리고 요즘 가끔씩 슈퍼아저씨가 선물로 형에게 청포도 사탕 한 봉지를 준다. 나는 형이 주는 사탕을 천천히 녹여 먹는다. 전처럼 깨물어 먹지 않는다. 깨물어 오독오독 씹어 먹기에는 그 사탕이 너무 소중하기 때문이다.

하모니

2020년 1월 1일에 드디어 남한과 북한이 평화적 통일을 하였습니다. 이날 남한과 북한 모든 곳에서 만세소리가 울려 퍼졌습니다.

2022년 6학년 새 학기 첫날 아침조회시간이었습니다. 선생님은 우리의 짝꿍을 정해줬습니다. 우리는 모두 자기소개를 하게 되었습니다. 자기소개시간에 한수가 교실 앞에 나가 북한가요 '반갑습니다'를 부르는데 짝꿍 영미가 깔깔대며 웃었습니다.

"로봇이 부르는 것 같아. 하하하."

"웃지 마. 내 노래가 웃기니?"

한수가 정색을 하며 화를 내자 영미는 금세 토라졌습니다.

"선생님, 저 이한수랑 짝꿍하기 싫어요. 짝꿍 바꿔주세요."

영미가 종례시간에 담임선생님에게 손을 들고 퉁명스럽게 말했습니다.

"키 순서대로 짝을 정했는데 왜?"

선생님은 눈살을 찌푸리며 영미를 못마땅하게 바라보았습니다. 영미는 골이 난 표정으로 팔짱을 끼고 있었습니다.

"그냥요. 그냥 한수랑 짝꿍 하기 싫어요."

"영미. 너 한수를 아직 잘 알지도 못하잖니. 그리고 그냥 싫은 게 어디 있어?"

"전 한수랑 잘 안 맞아요. 인솔이랑 짝하고 싶어요."

한수가 영미를 흘겨보았습니다. 영미는 아예 한수를 쳐다보지도 않았습니다. 나는 한수에게 괜히 미안해졌습니다. 결국 영미랑 한수가 계속 짝이 되었습니다. 나는 영미랑 유치원 때부터 친한 사이입니다.

내가 사는 도시에는 큰 공장이 많아서 북한근로자들이 많이 살고 있습니다. 우리 학교에는 많은 북한근로자의 아이들이 다니고 있습니다. 남한아이들과 북한아이들은 종종 서로 다투기도 합니다. 서로 말이 잘 통하지 않으니 오해가 자주 생기기 때문입니다.

나는 북한아이들과 허물없이 지내는 편입니다. 엄마, 아빠가 같은 공장에서 근무하는데 그곳의 많은 북한근로자들이 우리 집에 놀러 왔습니다. 엄마, 아빠와 개성출신인 한수의 부모님은 친한 직장 동료입니다. 우리 가족과 한수네 가족은 같이 바닷가로 놀러 간 적도 있습니다. 그래서 한수와는 자연스럽게 친하게 되었습니다.

"인솔아. 오늘 우리 집에 놀러 오지 않을래?"

며칠 후 영미가 수업이 끝나고 집에 가는데 나에게 바짝 붙어서 친근하게 굴었습니다.

"왜? 무슨 날이니? 난 오후에 엄마랑 시골에 계신 외할머니 뵈러 가는데……."

영미가 입을 삐쭉 내밀며 새침한 표정을 했습니다.

"치, 내 생일인데 몰랐니?"

영미가 서운하다는 듯이 토라진 표정이었습니다. 나는 괜히 미안했습니다.

"누구누구 오는데? 외갓집은 내일 가자고 엄마에게 말할까?"

영미는 뛸 듯이 기뻐했습니다.

"꼭, 꼭 오는 거다."

영미는 내 손을 잡고 막 흔들었습니다. 뒤에서 누군가의 '치' 하는 소리가 들렸습니다. 뒤를 돌아보니 한수가 어느새 우리 뒤에 있었습니다. 한수는 우릴 흘겨보면서 앞서 걸어갔습니다.

"재 왜 저래? 별꼴이야. 정말."

영미가 못마땅한 표정으로 한수의 뒷모습을 쳐다봤습니다.

"영미야, 너 한수 초대했니?"

"내가 걔를 왜 초대하니?"

영미가 어이없다는 표정이었습니다.

"한수가 너 많이 좋아하는 것 같던데. 몰랐니?"

"누가 누굴 좋아해? 참 어이가 없어서. 난 그렇게 촌스러운 애 정말 싫어."

영미가 기분이 나쁜지 계속 투덜댔습니다.

“한수 괜찮은 애야. 네가 몰라서 그래.”

“세상에 걔처럼 말 안 통하는 애는 처음 봐. 말투가 꼭 나랑 싸우자는 것 같다니까.”

영미가 단단히 한수를 오해한 것처럼 보여서 더 이상 한수 얘기는 않기로 했습니다.

“나 말고 누구누구 초대했니?”

영미는 눈을 찡긋하면서 검지를 새워 입술 앞에 가져댔습니다.

“쉿. 비밀.”

“설마 나만 초대하는 건 아니지?”

“땡. 와보면 알아. 하하하.”

그날 영미의 집에 간 나는 깜짝 놀랐습니다. 영미의 집에 가보니 초대를 받은 아이들은 모두 남한아이들뿐이었습니다. 영미는 아이들 앞에서 자랑스럽게 말했습니다.

“내가 우리 한국 애들만 초대했어. 너희들도 그게 좋지?”

아이들은 모두 고개를 끄덕이면서 영미의 말에 동의했습니다. 하지만 나는 마음이 무거웠습니다.

“우리 비밀모임을 만들자! 얘들아, 어때?”

‘엑, 비밀모임?’

나는 웬 뚱딴지 같은 소리인가하고 속으로 외쳤지만 아이들은 모두 빙그레 웃었습니다.

갑자기 미희가 일어나서 자랑스럽게 외쳤습니다.

"내가 벌써 비밀모임 이름도 정했어. 영한모! 영원히 한국만 사랑하는 모임! 어때, 멋지지?"

미희의 말에 아이들은 박수를 치면서 기뻐했습니다. 나는 점점 마음이 불편해졌습니다. 얼른 영미네 집에서 나가고 싶어졌습니다.

"이제부터 우리 '영한모'아이들은 우리끼리만 놀기다! 말 안 통하고 답답한 북한 애들과 노는 애들은 배신자야. 알았지?"

나는 배신자란 단어에 깜짝 놀랐습니다. 난 몸이 아프다는 핑계를 대고 영미네 집을 일찍 나왔습니다. 나오면서 깊은 한숨을 쉬었습니다.

다음날 소위 '영한모' 아이들은 정말로 행동을 개시하기 시작했습니다. 북한아이들과 아무도 말을 하지도 놀지도 않는 것이었습니다. 한수를 비롯한 북한아이들은 이상한 낌새를 눈치채고 자기들끼리 숙덕대기 시작했습니다.

시간이 지날수록 상황이 나빠졌습니다. 6학년의 남한아이들은 거의 모두 영한모처럼 행동했습니다. 나도 교내 분위기 때문에 북한아이들과 점점 서먹서먹해졌습니다.

수업이 모두 끝나고 운동장에는 축구를 하는 한 무리의 북한아이들이 있었습니다. 옆을 지나치는데 한수가 나를 향해 힘껏 공을 찼습니다. 나는 깜짝 놀라서 한수를 노려보았습니다.

"너까지 그럴 줄은 몰랐다."

한수가 내뱉은 말에 나는 얼굴이 빨개졌습니다. 한수는 나의 어깨를 툭 밀치며 앞으로 지나갔습니다.

다음날 점심시간에 나는 한수가 멍하니 창 밖을 한참 동안 바라보는 걸 보았습니다. 한수는 무척 외로워 보였습니다.

나는 매일매일 가슴이 답답하였습니다. 하지만 배신자란 낙인이 두려워 절대 '영한모'란 단어를 입 밖에 내지 않았습니다.

시간이 지날수록 6학년은 점점 남한아이들, 북한아이들로 나뉘어 말을 하지 않게 되었습니다. 여름방학을 하루 앞둔 날이었습니다. 그날 청소당번이었던 나는 청소를 마치고 집으로 가기 위해 운동장을 가로질러가고 있었습니다. 영미, 미희, 준수는 나와 함께 청소를 마치고 같이 걸어가고 있었습니다. 그런데 앞서가던 옆 반의 북한여자아이가 갑자기 땅바닥에 쓰러졌습니다.

"어머, 걔 왜 저래?"

영미가 깜짝 놀라 소리를 질렀습니다.

"어디 아픈가 봐! 누가 도와줘야 하지 않아?"

미희가 그 아이의 곁으로 다가가려 했습니다.

"잠깐 그 아이 북한아이잖아. 우리의 규칙을 잊었어?"

준수가 외치자 미희는 마치 얼어붙은 것처럼 꼼짝 않고 서있었습니다.

"지금 이 아이는 아프잖아. 그깟 규칙이 뭐가 중요해?"

나는 준수의 말에 화가 나 외쳤습니다. 하지만 영미와 미희와 준수는 쓰러진 그 북한 여자아이를 곁에서 지켜보기만 했습니다.

나는 갑자기 이 엉터리 모임인 '영한모'에 화가 났습니다. 어떻게 사람의 목숨보다 그깟 쩨쩨한 규칙들이 중요한지 이해가 되지 않았습니다.

나는 곧장 당직실로 뛰어갔습니다. 다행이 체육선생님이 자리에 계셨습니다.

"선생님. 도와주세요! 어떤 애가 운동장에 쓰러졌어요."

"그래? 누가?"

체육선생님은 쏜살같이 운동장으로 뛰어나갔습니다.

"아니, 영희야!"

체육선생님은 그 북한여자아이를 들쳐 업고 근처 병원으로 달려갔습니다. 다행이 그 아이는 금세 정신이 돌아왔습니다.

그 아이는 옆 반의 영희라는 아이였습니다. 악성빈혈 때문에 쓰러진 것이라고 의사선생님이 말했습니다. 영희의 부모님이 오실 때까지 체육선생님과 나는 병원로비에 앉아 기다렸습니다.

"인솔아. 네가 오늘 큰일 했다. 너 아니었으면 영희가 큰일 날 뻔했어."

나는 체육선생님에게 영한모에 대해 털어놓고 싶었습니다.

"선생님. 사람의 목숨보다 더 중요한 건 없죠? 친구의 우정과 약속도 그것보다는 덜 중요하죠?"

체육선생님은 내가 무슨 말을 하고 싶은 건지 궁금한 눈빛이었습니다.

"선생님. 제가 고백하고 싶은 게 있어요."

난 이제 누가 배신자라고 하든 상관하지 않을 용기가 생겼습니다. 나는 다른 아이들이 영한모의 규칙 때문에 영희를 도와주지 못했다고 고백을 하였습니다. 체육선생님은 나에게 영한모에 대해 자세히 말해달라고 했습니다. 나는 영미의 생일날에 있었던 일을 말했습니다.

"선생님은 그런 사실을 몰랐구나. 인솔이가 솔직하게 말해줘서 고맙다."

"그럼 이제 어떡해요?"

"너무 걱정 마라. 내가 모든 선생님들께 말씀 드려서 방법을 찾아볼게."

체육선생님은 나의 머리를 한번 쓰다듬었습니다.

여름방학을 하던 날 우리6학년 모두는 교장선생님의 특별 연설을 들어야 했습니다. 각 반의 모니터에 갑자기 교장선생님의 얼굴이 나오자 아이들은 술렁였습니다.

"6학년 각반 모두는 여름방학 기간 동안 주중에 학교에 나와 합창을 연습해야 합니다. 합창의 이름은 '통일합창'입니다. 우리 학교는 가을에 학예회를 하기로 했습니다. 학생들은 학예회 때 공연을 해야 합니다."

모니터가 꺼지자 반 아이들은 모두 우~~하며 불평을 했습니다.

담임선생님은 지시봉으로 교탁을 탁탁 쳤습니다.

"조용, 조용. 연습은 주중에 오후 2시부터 오후 4시까지 두 시간이에요. 우리 반 합창의 지휘는 영미가 할 거에요. 영미가 어린이합창단 출신인 것이 이유이니까 모두 영미의 지휘에 잘 따르도록 하세요. 그리고 우리가 연습할 노래는 '그리운 금강산'입니다."

선생님의 말씀이 끝나자마자 영미가 벌떡 일어났습니다.

"선생님. 저는 이 합창을 하기 싫어요. 왜 제가 방학 때 나와서 연습을 해야 하죠?"

영미가 담임선생님에게 따지듯 물었습니다.

"영미야. 너는 지금 우리 반 아이들이 서로 친한 친구처럼 지낸다고 생각하니?"

"저는 친하게 지내는데요?"

영미가 선생님에게 지지 않고 대꾸를 했습니다.

"그래? 선생님이 보기엔 안 그런 것 같은데? 모임을 만들어 규칙을 정해놓고 어떤 아이들을 따돌리는 것이 어린이의 바람

직한 행동이라고 생각하니?"

영미는 선생님이 단호하게 묻자 선뜻 말을 못했습니다.

"그런데 왜 저한테만 그러세요? 마치 제가 잘못이라도 한 것처럼요?"

"거짓말 마. 너희 남한 애들이 우리들 따돌리는 걸 여기 모르는 사람이 있니?"

영미의 변명에 한수가 화가 난 듯 외쳤습니다.

영미는 부끄러운지 얼굴이 빨개져서 자리에서 앉았습니다.

"선생님은 이 말만 한다. 여름방학 때 합창 연습하기 싫은 사람은 나오지 마. 강요하지 않을 테니."

담임선생님은 화가 나서 교실을 나갔습니다.

방학이 되고 첫 합창을 연습하기 위해 우리들은 교실에 모였습니다. 반 아이들 모두 약속한 시간에 나와 있었습니다.

웅성대는 아이들 앞에 영미가 섰습니다.

"얘들아. 기왕 하는 거 잘하자! 우선 우리들은 각자의 목소리에 맞는 파트를 정해야 해. 한 명씩 노래를 불러볼래?"

영미는 한 명씩 노래를 부르자 유심히 듣더니 각자의 파트를 정하였습니다. 우리는 파트 별로 줄을 맞춰 섰습니다. 영미가 지휘를 시작하고 우리는 노래를 부르기 시작했습니다. 우리가 부르는 노래는 각 파트의 조화가 이루어지지 않아서인지 듣기가 좋지 않았습니다. 몇 번의 연습에도 나아질 기미가 보이지

앉았습니다.

한수가 답답한지 영미에게 외쳤습니다.

"영미야. 헛갈리니까 파트 나누지 않고 그냥 바리톤으로 모두 부르자! 어차피 학예회 때 한 목소리로 노래만 잘 부르면 되잖아."

영미는 고개를 저었습니다.

"하모니가 합창의 가장 중요한 부분이야. 서로의 목소리를 잘 듣고 자신의 목소리를 내자! 그럼 멋진 조화를 이룰 수 있어."

"휴, 정말 우리가 조화가 될까?"

한수는 어림없다는 듯이 고개를 저었습니다. 하지만 연습을 매일매일 하면서 우리는 점점 자신감이 생겼습니다. 자신이 음치라며 모기만한 목소리로 노래를 부르던 준수도 용기를 갖고 멋지게 노래를 불렀고, 노래에 자신만만하여 합창에 어울리지 않게 큰 목소리로 부르던 한수도 조화를 이루며 부르는 법을 알게 되었습니다.

신기하게도 우리는 연습을 하면 할수록 점점 다른 사람의 목소리를 잘 들을 수 있었습니다. 그리고 내 목소리와 다른 사람의 목소리가 조화를 이룰 수 있게 되었습니다.

우리는 서로를 격려하고 칭찬하며 점점 합창의 매력에 빠져들었습니다.

"야. 정말 합창 재밌다! 우리노래가 점점 좋아지는 것 같아."

연습을 하면서 한수가 신이 나서 외쳤습니다. 영미가 한수의 신이 난 표정을 보더니 빙그레 웃었습니다.

점점 하모니가 완성되면서 우리들은 하나가 된 것 같았습니다. 우리 모두는 여름방학이 끝나고 합창곡이 완성되자 하루 빨리 공연을 하고 싶어졌습니다.

개학을 하고 드디어 기다리던 학예회 날이 되었습니다. 강당은 전교생과 선생님, 학부모님들로 빈자리 하나 없이 만원이었습니다.

통일합창제 첫 번째 순서인 우리 반은 멋진 하모니로 '그리운 금강산'을 불렀습니다. 나는 노래를 부르며 가슴이 벅차오르는 것을 느꼈습니다. 노래를 마치고 우리는 영미의 신호에 맞춰 관객들에게 인사를 했습니다. 우리들은 관객들로부터 우레와 같은 박수갈채를 받았습니다.

영미가 뒤돌아 서서 우리 쪽을 바라보고는 한수를 향해 엄지손가락을 치켜들었습니다. 한수도 웃으며 영미에게 엄지손가락을 치켜들었습니다. 우리들은 모두 고개를 숙여 관객들에게 다시 한 번 인사를 하였습니다. 우리들은 그렇게 통일합창을 멋지게 해냈습니다. 그리고 신기하게도 영한모는 그날 이후 우리들 기억에서 점점 사라졌습니다.

Printed in Great Britain
by Amazon

61359827R00073